# 逃亡するガール

山内マリコ



U-NEXT

# スタバ

スタバほど勉強に集中できる場所はない。家より塾より学校より、スタバが好きだ、ここが世界でいちばん落ち着く。週二回、高校の授業が終わって塾がはじまるまでの時間を、あたしはいつもスタバで過ごした。

学校の最寄り駅から〈富山地方鉄道〉に乗って電鉄富山駅で降り、マリエ一階のスタバに直行して席を確保するのがルーティン。この店舗はなぜかフロアが二つに分離している謎なつくりで、小さいほうの飲食スペースはいつも勉強する学生でいっぱいだった。ここの窓際、カウンター席を取れたらラッキーだけど、満席だったんで仕方なくメイン側の、一つだけ空いていたソファ席に滑り込んだ。大人の客に挟まれながら、リュックからペンケースや世界史探究の教科書、ノート、ワークシートを取り出して茶色い丸テーブルに広げる。傍《かたわ》らにはいつものバニラクリームフラペチーノ。透明な半円形の蓋に刺さった紙ストローでくらくらするほど甘いミルククリームを吸うと、脳みそが覚醒してペンを持つ手に力が入る。テーブルのガタつきを足で押さえながら教科書をめくった。

あたしは世界史が好きだ。正確にはこの四月に、世界史探究の教科担任が岡部《おかべ》先生になってから世界史が好きになった。教科書の今日やったところをめくって、宿題に出されたワークシートを埋めていく。いま習っているのは古代ギリシア。岡部先生は白髪まじりのおじさんで、とても世界のことに詳しいとは思えないほど富山弁がえぐかった。

「いまみんなが住んどる富山ちゃ、中心みたいなもんはあんまないねか？　昔は富山駅が中心やったろうし、あんたらちみたいな高校生は電車通学の人もおっから駅にも行くかもしれんけど、先生らちみたいに車乗っとったら駅にちゃわざわざ行かんねか。

富山の中心市街地いうたら西町《にしちょう》になっけど、廃《すた》れしもて、行く人おらんやろ？　今やったらファボーレとか高岡のイオンとかコストコとか、そいとこが中心になるがかもしれんちゃね。

ほやけど古代ギリシアちゃ、いいがになっとって、街に中心があったん。みんなパルテノン神殿ちゃ見たことあっけ？　ギリシアゆうたらパルテノン神殿なんやけど、知っとっけ？　あんたらちアテネ・オリンピックのときまだ生まれとらんかったから、見たことないかもしれんね。柱がたくさん立っとる白っぽーいやつながやけど、どんなとこにあると思っけ？　あれ実は、小高い丘みたいなとこに立っとんが。あとでGoogle Earthでも開いて見てみられ」

「せんせー教科書に写真載ってまーす」

クラスの男子がおちょくるように言った。どっと沸く生徒に動じず、「そうけそうけ、なーん前は世界史もAやらBやらやったんに、世界史探究になって教科書も変わったねか。ああ、ほんとやね、載っとるね。あんたらこの写真で、丘の上ってわかっけ？」と岡部先生はのんびりした調子でつづける。

「神殿ちゃ、小高い丘の上にあんが。こういう丘のことを〈アクロポリス〉いうが。覚えとかれ。ほいで普段はみんな麓《ふもと》の、丘の下のとこにある広場に集まっとったんやわ。こういう広場のことを〈アゴラ〉って呼ぶが。いいけ？　覚えとかれま。古代ギリシア人ちゃ神殿と、このアゴラを中心に集落を作ったん。神殿の立つアクロポリスがあって、麓にはアゴラがあって、その先に市民が住む家があって、さらにその先には果樹園とか農地が広がっとったんね。ほんで、みんなアゴラに集まってなにしとったんかゆうと……あーまた時間なくなってしもたわ。ほしたらこの続きはまた明日やっちゃ」

アクロポリスは丘、上に立つのは神殿、その麓にはアゴラと呼ばれる広場。こういうフォーマットの都市国家がポリス。授業を反芻《はんすう》してワークシートを埋めていく。勉強は精神安定剤みたいに、あたしの心をしーんと静かに保ってくれる。定期テストに備えて教科書のポイントを書き出していると、他のことはなんにも考えなくて済むし、自分はやるべきことをやってると思えてほっとする。

こんなふうに無になって集中できる場所はスタバのほかにない。家はノイズだらけ、学校だと勉強してる姿はあんま見せられない、塾の自習室はなんかピリピリしてる。その点、スタバは自分を取り巻く世界から切り離して、放っておいてくれる。あたしを誰でもない人にしてくれる。だからここは世界でいちばん居心地がいい。店内の耳障りなおしゃべりも、Bluetooth イヤホンが完璧にシャットアウトしてくれる。他人に紛れ、無心でノートにペンをさらさら走らせていると心が穏やかになった。いちばん好きな時間。安らかな午後のひととき。

そこへ突然、くしゃくしゃに丸まった物体が飛んできたんで、

「うわっ」

思わず変な声を漏らしてのけぞった。

広げたノートの上にぽとりと転がるものを見ると、スタバの紙ナプキンだ。イヤホンを外し、なんだなんだと客席を見回す。サラリーマン、おばさん三人組、大学生風、またサラリーマン、ＯＬ風。いろんな大人がごっちゃにちらばる店内で、目が合ったのは、知らないＪＫだった。

一瞬、あたしたちは無言でお互いを見つめ合う。

あれはどこの制服だろう。小さなエンブレムの入ったネイビーブレザーに青いリボン、青いタータンチェックのプリーツスカート。肩よりだいぶ長い髪。大きな丸い目がまっすぐにこちらを見ている。視線に棘《とげ》がなくて親しげだったから、知り合いかなって思ったけど、ふつうに全然知らない子だった。

彼女が片目をパチパチ、閉じたり開いたりして合図を送ってきて、「え？　え？」と戸惑う。どぎまぎしてると今度は紙ナプキンを指差しジェスチャーで、開けて、と伝えてきた。促されるまま、半信半疑にナプキンをそうっと開き、中を見る。勢いよく右上がりの文字が目に飛び込んできた。

〈気をつけて　トーサツされてる〉

トーサツ？　とーさつ？　……盗撮!?

顔をあげて彼女のほうを見た。奥の二人掛けの席に座っているその子は、瞳を器用に動かして、となりの席の男を指す。見ると、サイズの合ってないグレーのスーツをぶかっと着た、痩せた男がいた。眼鏡は曇り、椅子からずり落ちそうな角度で座っている。ぱっと見ただの冴えない男の人って感じだけど、手にしているスマホのカメラレンズは、たしかに不自然にこっちを向いていた。

瞬間、体が硬直するのがわかった。

知らないうちに見られていた、勝手に撮られていたんだと思うと、怖気が全身を走り抜け、肌が粟立つ。触られたわけじゃないのに侵食された感がすごくて、自分がハムスターとかカブトムシとかの、人間に弄《もてあそ》ばれる小さな生き物になったみたい。え、でも待ってこれ、どうしたらいいんだ。スカートの中を撮られたわけじゃないし、ギャーギャーギャー騒ぎ立ててもみんな「はっ?」って感じだろう。ていうかそもそもギャーギャー言えない。この状況で大きな声を出すなんて無理だ。どうしたらいいかわからなくて、頭が真っ白、ただただ固まる。

そのとき、カタッと音がした。

顔をあげると目の前に、女の子が座ってた。

「店員さんに言う?」

紙ナプキンを投げて教えてくれた、青い制服リボンの子だった。こっちのテーブルに移動して、助けに来てくれたんだ。彼女はスクールバッグを胸に抱いたまま「大丈夫？」と、こちらを心配顔で覗き込む。あたしはうまく笑えなくて、引き攣《つ》った顔で「大丈夫大丈夫ごめんね」と言った。

全然大丈夫じゃないのに。悪いことしてないのにごめんとか。なんでそんな言葉が口から出るんだろう。助けて助けて、どうにかして。でも、やっぱりそんなSOSは出せなくて、あたしはなおも「大丈夫大丈夫」をくり返し、騒ぎにならないよう自分を押し込めた。

すると、いきなり目の前の女の子がけっこう大きな声で言った。

「撮ってんじゃねえよ！」

くるっと男のほうをふり向き、ドスの効いた声を響かせる。

一瞬、店内がしーんとしたけど、すぐにいつもの喧騒に戻った。

男はわざとらしく、え、ぼくですか？　人違いですよ、ぼくは何もしてませんよ、冤罪ですよって顔で、しれっとスマホを横に持ちかえてゲームをはじめてる。

「うわ……見た？　ありえない」

男の開き直った図々しい態度にあ然として、あたしと彼女はただただ「はあ?」って顔で、遠巻きに盗撮犯を非難するしかできない。このままあいつがいなくなるまで居座ってやろうかとも思ったけど、同じ空気を吸うのも嫌だった。これ以上あいつの視界に存在したくない。顔を覚えられてマークされて、ストーカーみたいになられたら最悪だし。もしそんなことが起きたら、いくら警察にかけあったところであたしが殺されるまでなにも動いてもらえないんだ。そういうの前にニュースで見た。

「出ようか」あたしが言うと、

「そうだね」彼女もうなずいた。

教科書やノートをまとめ、テーブルに広げたマイルドライナーやフレフレオプトをペンケースに仕舞う。そうして初対面の女の子と一緒に、スタバから立ち退《たの》いた。

## 駅前ロータリー

夕方の富山駅前は少しずつ人が増え、バス停にささやかな行列ができたり立ち食いそば屋に客が出たり入ったりしている。あたしたちは足早に駅前を歩き過ぎ、肩を怒らせながらマルート側へと逃げ込んだ。マルートは二年前にできたショッピングビル。無印スリコマツキヨ、もちろんここにもスタバが入ってる。あたしたちは市電横のベンチに腰掛けると、ホースの先をギュッとつぶして水を撒《ま》くみたいな勢いで、さっきの盗撮男を糾弾しまくった。

「あああああああ！　信じらんない！　キモすぎるんですけど！」

口火を切ったのは青いリボンの子だった。

「ほんとほんとまじで、無理無理無理無理……最悪ううう！」

あたしもやり場のない怒りを大声でぶちまける。

「なにあれ、あいつ、あの態度」

「許せん。あいつスタバ出禁じゃない?」

彼女はあたしと完璧に同じテンションで怒ってくれた。なんならちょっと、あたしの怒りを上回ってた。おかげで被害者っていう惨めな気持ちが少し薄まったけど、あの男のスマホの中に、自分の画像データが収監されたと思うとたまらなく嫌な気持ちがしたし、髪の毛を勝手にべたべた触られたみたいな嫌悪感がいつまでも体に纏わりついた。それをどうにか拭い去りたくて、機関銃を放つみたいに口から「あーキモいキモい」ペッペッと吐き出した。ゴキブリに遭遇したらとにかくキャーッて大声を出すみたいに。あれは怖いからっていうより、Gを見てしまった気持ち悪さを、ただアウトプットするためのキャーだから。

「あーまじむり、スタバで盗撮なんてほんと最悪」

「そうだよ、スタバでやんなよ、クソが。スタバはマックじゃないんだよ」

まったくその通りだ。どんな田舎者だろうと、スタバにいるときだけは他人に干渉せずスマートにふるまうことができるのに。スタバでだけはみんなお行儀よくするものなのに。ここは自宅のリビングの延長みたいな、マックやモールのフードコートとは違うってこと。店内には適度な緊張感があり、客同士は都会の人のようにドライな距離感を保つ。店全体に張られたスタバというブランドの結界が、いつもあたしを守ってくれてたのに。

「盗撮するなんてスタバの客として恥じるべき」

と彼女が言ってくれたので、あたしも調子に乗ってますます盗撮野郎を糾弾した。

「マジ腹立つわ、あいつ社会人のくせに小学生男子の雰囲気だったし」

「ハハ！　そうそう、おじさんなのになんかガキっぽいのウケるキモ死ね〜」

三十分くらい罵詈雑言《ばりぞうごん》を吐きまくったところで塾の時間が迫っているのに気づいて焦った。「え、塾とか行ってんの？　すご」と言う彼女に、ごめんねもう行かなくちゃと謝る。

「全然オッケー」

彼女は颯爽《さっそう》と立ち上がると、じゃあね〜と手をふり、去って行った。ブレザーと、青いチェックのプリーツスカート。てっきり連絡先を交換する流れになると思ってたから、別れがあっさりだったんでさびしかった。え、あたしたちもうおしまい？　これだけ？　駆け寄って自分から名前と連絡先、訊こうかな。うじうじ迷っているうちに、彼女は駅の中に消えてしまった。

## 富山駅

北陸新幹線が通っていまの富山駅が完成したのはあたしが小学一年生のときだ。一度だけ乗ったことがある。家族でディズニーランドに行ったけど、なにも憶えてない。そのとき撮った写真は紙焼きされないまま親のスマホに埋もれてて一度も見たことがないし、写真という物理的証拠を見ていないせいで、ディズニー旅行の話は嘘なんじゃないかとあたしは密かに疑っていた。親に言えば見せてくれるんだろうけど、うちの家族はもうそんな話ができる空気じゃない。

駅には中二階みたいな待ち合いスペースがあってテーブルと椅子が置いてあるから、

ここも時間帯によっては高校生の自習室化してる。階段をのぼると、テーブルを占拠してる男子学生たちの姿。こっちに気づいた途端、ミニオンみたいにきぃきぃと小突き合いをはじめたんで、あたしはBluetoothイヤホンをスッと耳に挿《さ》してノイズを遮断した。手すりに体をあずけ、行き交う人の中にこないだのあの、青い制服リボンの子がいないか探した。

あっという間に去って行ったあの子。あたしを助けてくれたあの子。ちゃんとお礼も言ってなかったと、思い出すたび自己嫌悪で、手の甲をキュッとつねった。ネットで富山県中の制服を見たけど、結局どこの高校かわからなくて手がかりはなし。けど、あの日スタバにいたってことは、きっとまた富山駅に来るに違いない。

新幹線が到着するたび、東京からやって来る人と出迎える人が交錯して、ＪＲ側の改札は瞬間的に賑わう。その波はすぐに静まり、穏やかな日常が戻ってきたと思ったら、数十分後にまた新幹線が着いて同じ光景がくり返される。となりには〈あいの風とやま鉄道〉の改札があって、そっちは通勤通学で使う人がほとんどだから、みんなのテンションは低く淡々としてた。

「あいの風」とは北陸の日本海に面した地域で使われている言葉、春頃から夏にかけて吹く東風のこと、沖から吹く夏のそよ風、という意味だと検索して知る。何度か調べたことはあるけど、いつもなぜかすぐに忘れてしまうのだった。

そういうことはたくさんあった。うちから車で十分くらいのところに穴の谷《あなんたん》の霊水という万病に効く霊水スポットがあって、子供のころからお父さんに連れられてよく水を汲みに行ってたけど、そこの由来も何回読んでもいっこも頭に入ってこなかった。お父さんに訊いても「知らん」って即答された。立山信仰の伝説も、小学校の立山登山のときに聞いた気がするけど、鷹が出てきた印象が残ってるくらいで、あとは見事に忘れてる。当たり前みたいにあるものは、当たり前であるがゆえに、あたしの中を華麗にスルーしていく。

駅はいろんな人が来ては去っていく。時間に追われて焦って走っている人、暇そうに柱沿いのベンチに腰掛けて動かない人。歩き方だけでどんな人かだいたいわかるのが面白い。気取ってる人、自信のない人、尊大な人、気が小さい人。あの子はどんな歩き方だったっけ？　駅に消えていった姿を頭の中で再生させる。跳ねるように歩く後ろ姿、シャラシャラと光の粉が尾を引いて、ティンカー・ベルが通り過ぎたみたいに見えた。だいぶ思い出補正かかってるけど、見たら絶対にわかるはず。塾がはじまるギリギリの時間まで、そこでそうして、青いリボンの子を探した。

## 古代ギリシア

一限目は岡部先生の世界史探究、あたしの心は古代ギリシアへ飛ぶ。

「前回やったとこ覚えとっけ？　丘ちゃ、なんやった？　丘の上になに立っとった？覚えとっ人おるけ？　……おらんみたいやから先生言うけど、神殿やねかねぇ、神殿。小高い丘がアクロポリス、その上に神殿、そいでアクロポリスの下にはなにあった？……アゴラね、広場があったん。ここまではいいけ？」

みんなノーリアクション。

「はい、じゃあ先進めっけど、アゴラで人々が集まって、なにやっとったかっていうと、喋っとったんね。ぺちゃくちゃぺちゃくちゃ、喋っとったん。市民がここに集まってきて、アゴラで自由に議論したん。なんでだかわかっけ？」

おしゃべり好きな国民性だったから？　って考えが浮かんだけど、手なんか挙げない。岡部先生はしーんと静まる教室を見回して言った。

「みんな暇だったん」

あーハズレた。手挙げなくてよかった〜。

にしても暇？　暇とは？　実はちゃんと授業を聞いていたクラスの人たちが一斉に顔をあげた。

「本当の話やけど、古代ギリシアの人らちは、みんな暇しとったん。ほいで、暇やからアゴラで立ち話しとったんね。なんで暇なんかゆうたら、古代ギリシアの市民ちゃ、仕事しとらんかったん」

仕事をしていない？？？

クラス中、いまや岡部先生の話に首ったけだ。

「市民ゆうても、十八歳以上の男の人らちに限った話ながね。古代ギリシアでは市民権のある男一人あたり、だいたい二人から三人の家内奴隷を所有してこき使《っ》ことったゆう話ながか。工業奴隷もおって、仕事はみんなその人らちに丸投げしとったんね。女の人は結婚したら家の中に縛り付けられて働かされとったし、外出も制限されて、一人で自由にふらふら外出たりちゃできんかったが」

岡部先生は白髪まじりのぼさぼさの髪をかきあげて話をつづけた。

「つまり、市民の男が仕事も家事も奴隷と女性に押し付けて、自分たちは暇だからアゴラでくっちゃべることで、いろんなことを考えるようになったんね。そっから生まれていったもんちゃ……なんやと思う？」

岡部先生は、カンカンカンッと白いチョークで奴隷の横に、哲学と書いた。

「哲学やけども、いまでいう数学とか医学とか物理学とか、学問全般のことやちゃね。ソクラテスとか、その弟子のプラトンとか、その弟子のアリストテレスとか、名前聞いたことないけ？　この人らちの名前は必ずテストに出っから、全部覚えとかれ。哲学を誕生させたんはすごいことやし、偉い人らやけど、奴隷や女性の犠牲の上に築かれていったものやってことも、一応覚えとかれ。テストには出んけど」

それから岡部先生は黒板を消しながら、「これは余談やけど」と話した。

「日本にもよぉ公共空間に〝広場〟あんねか。自治体ちゃ市民のために集まれるスペース作っけど、実際に作ってみたらなかなかうまく機能せんもんなんやちゃ。おいちゃんらちはベンチでぐーぐー寝とっし、家のゴミ捨ててかれる人もおっしで、吹き溜まりみたいになったりすんが。日本ちゃなんでだか広場が機能せん国ながね。なんでやろうね」

「トー横だ」と誰かが小さく言い、笑いが漏れる。

「まぁそうやね。トー横やらには居場所のない子供らちが集まってくっがやろ？　子供ちゃ、仕事したらあかんし、家のことさせるわけにもいかんがね。勉強しといてもらわんと困っがやけど、そう都合よくいかんちゃ。いろんな事情あろがいね。富山やと広場にくっがはじーはんが多いちゃね。リタイアしたじーはんもある意味、古代ギリシアの市民と同じ立場なんやわ。仕事もせんでいい、家事もおっかちゃんらちに押し付けて、ほんで行く場所ないから金のかからん公共施設に行って時間潰そうとすんが。せっかくならアゴラみたいにそこにおっ人と喋ればいいがに、誰とも喋らんちゃ。

喋ってもケンカになるだけやから、喋らんほうがいいわ」

ぷぷ。

「ギリシアちゃ地中海沿岸やし、あったかくてカラッとしとって気候もいいやろうから、人の性格も陽気で開放的で、みんな人懐っこく喋っとったんやろうね。うらやましいちゃ。まーでも、暇やからアゴラに集まってものを考えるようになって哲学を生み出したんも、ごくごく一部の頭のいい人らちだけの話やろがいね。古代ギリシアやろうとなんやろうと、普通の人は暇やからってものなんか考えんちゃ」

## ロフト

中間テストが終わった直後の喜ばしい放課後。

マルート三階にあるロフトの文具売り場に直行して限定商品をチェックした。このところのお気に入りは、MONOやキャンパスノート、ドクターグリップがコラボしたミネラルカラーシリーズ。アプリコットピンク、シェルベージュ、ピスタチオグリーン、シアーパープル、ソルベブルー。ドリーミーな名前のついた淡い色味のシャーペンやノートや修正テープがあれば、勉強のモチベーションが上がったし、渇いた心が慰められた。コンプリートにはほど遠くてまだまだ欲しいものがあったけど、売り場はすでにずいぶん縮小されてもう品薄状態。自分へのご褒美を物色していたあたしはちょっとがっかりしながら、人生を彩ってくれる可愛いシールや付箋を求めて売り場を彷徨《さまよ》った。

韓国文具のコーナーに立ち止まり、日本のとはちょっと違うテイストをへぇ〜っと思いながら見ていると、「あっ」という声が聞こえて顔をあげる。そこにはあの、青いリボンの女の子の姿があった。

「あ――――――!!!」

顔を見合わせるなり二人とも、生き別れた双子の姉妹と再会したみたいにぴょんぴょん飛び跳ねて抱き合った。あたしはこのあいだのお礼と、名前を訊きそびれてすごく後悔したこと、また会いたくて探してたんだよと捲し立てる。彼女は飛びかかってきた大型犬をなだめるように、あたしの背中をよぉーしよぉーしとさすった。

「あたしもまた会いたかったよー。なんかカッコつけて連絡先も訊かずに去っちゃった、ごめんね」

彼女はブレザーのポケットからスマホを出して両手でぽちぽちやると、「インスタがいい？　それともＬＩＮＥ派？」とたずねた。

「じゃあインスタで」

アカウント名を伝え合い、フォローし合い、ＤＭを送り合う。

〈山岸《やまぎし》美羽《みう》です〉打ち込んで送った。

「ミウ？」

「そう」

「名前めっちゃ可愛い」

〈浜野《はまの》比奈《ひな》でーす〉ＤＭに彼女の自己紹介が届いた。

「ヒナで合ってる？」

「うん」

「そっちも可愛いよ！」

名前を褒め合う。「比奈って呼んで」と言われたから、「じゃあ、あたしのことも美羽って呼んで」と返した。

## コンコース

四時限目が終わってスマホを見ると、インスタに比奈からのＤＭがたまってた。

〈昨日はありゃーと！　会えてうれしかった〜〉

〈あたしたいてい富山駅前で遊んでるからまた会おうね〉

〈ていうか今日もしかして富山まで出てきたりする？〉

新しい友達からの誘いのメッセージに、あたしの頬は猫動画を見てるときみたいに緩んだ。新しい友達ってだけじゃない、比奈は〝他校の友達〟だった。高校の同級生とは違う。塾の友達とも違う。他校に友達がいるなんて大人だ。家と学校と塾のトライアングルだったあたしの世界が、いきなり拡張した感じがする。

〈ごめんやっと昼休みー。今日の放課後、いいね。遊ぼ遊ぼ！〉

返信を打ち込みながら「遊ぼ」って言葉を、あたしはめずらしいものとして眺めた。遊ぶ？　遊ぶ、か。富山に遊ぶとこなんてあったっけ？


授業が終わった午後三時、教室に残る子たちにバイバーイと手をふって、最寄り駅に直行する。改札を通って外に出て、トタン屋根のホームから電車がやって来るのをじりじり待った。線路のレールがまっすぐに果てしなく延びる。軌道《きどう》を覆う砂利と、勢いよく伸びる五月の雑草。少し待つと、富山方面の電車がゆっくりゆっくり近づいてきて、カンカンカンカン、踏切の鳴る音が響いた。

空いていたボックス席に座り、比奈からのＤＭを見返す。比奈のインスタには投稿はほとんどなかった。スタバのカップを撮った写真、海と青空の写真、ブレブレの犬の写真。あとはストーリーズのハイライトに自撮りが適当に転がってるだけ。そこから比奈のパーソナリティを読み解くのは不可能だけど、インスタで自己アピールしないタイプってことがわかっただけで充分だった。

電鉄富山駅の改札を抜けると、エスタの丸い柱に寄りかかって立ってる比奈の姿が見えた。細くてすらっと手脚が長くて、エモいイラストみたい。

「比奈〜」

名前を呼んで近づく。比奈は顔をあげ、スマホを持ったまま腕を大きく広げてハグしてきた。

「美羽ぅ〜」

すれ違う人が、なんだなんだとちらちら見てくる。イレギュラーな行動をしたら厳しい視線が飛んでくるのはいつものことだ。人が少ないせいで、ちょっとのことで目立ってしまう。比奈はどこに行くとも言わないまま、ぷらぷらと歩き出した。あたしもどこに行くかは訊かずに歩調を合わせた。比奈が普段なにして遊んでるのか知りたかったから。そしたら逆に質問が飛んできた。

「美羽はさ、いつも富山のどのへんで遊んでる?」

「遊んでは……ないな。うち上市《かみいち》なんだけど、ふつうに直帰してる。塾がある日だけこっちに出てくるけど、帰りは親が車で迎えに来るし。塾の時間までいつもマリエのスタバで勉強してるかな」

「まじかー」

「うん、去年は週一だったけど、来年受験だから今年から週二。月曜と木曜。六時から九時まで」

「じゃあやっぱ大学受験する感じ？　県外行くの？」

その質問には即答できなかった。まだそこまでは考えてない。考えないことにしていた。だって進路のこととなると、さすがに親と話さなきゃいけないから。こっちからそういう込み入った話題を持ちかけたくなかった。

「わかんない。とりあえず勉強してるだけだな、暇つぶしに」

「暇つぶしなんだ」比奈が笑う。

あたしたちはゆらゆらと足の赴くまま富山駅の中に吸い込まれていった。

「ねえ、あっちのマックって行く？」

「あんまし行かないな。ロッテリアのほうが落ち着くから好き」

「それなんかわかる」

「ねえでもさ、落ち着くってなんだろうね」

「ああーたしかに。なんかあるんだよね」

「そうそう、なんかあるんだよ」

比奈はなにかを見つけたらしく、つつつーっと駆け出した。駅の隅に置いてあるストリートピアノの椅子にすとんと腰を下ろし、蓋を開けて人差し指で鍵盤をぽんぽん叩きだす。喧騒にまぎれてドの音が響いた。ドー、ドー、ドー。比奈はあたしのほうを向き、おいでおいでと手招きした。

目立つのは苦手だから少し躊躇《ちゅうちょ》。「えーっ」と困りながら、比奈のとなりにちょこんと座った。ここにストリートピアノがあるのは知ってたけど、いつもスルーしてた。

「連弾?」

「いや弾けないもん」

「弾けないんかい」

「美羽は弾ける?」

「ちょっとなら」

「なんか弾いてよ」

「……いいよ」

あたしはリュックを背負ったままピアノに向き直り、指を曲げたり伸ばしたりストレッチした。「おー本気じゃん」と比奈。なに弾くの？『ねこふんじゃった』？

「ドビュッシー」

「誰ぇー？」

「人形のセレナード」

「なんてなんて？」

「ピアノのための組曲『子供の領分』第三曲」

「ごめん全然わかんないや」

息を吸い込んで最初の一音を鳴らす。三分にも満たないけど、いろんな曲調がまじってリズムをとるのが難しく、それでいて楽しい気持ちになる可愛い曲だった。昔ピアノの先生から言われたとおり、自分が人形になって寝静まったおうちを冒険する、アリエッティみたいな気持ちで弾いた。

鍵盤を叩くのは何年ぶりだろう。ピアノ、スイミング、そろばん。コロナのときのどさくさで習い事はぜんぶやめちゃったけど、ピアノはいちばん好きだった。「ピアノはつらいときや悲しいとき支えになってくれるから、教室はやめても練習はつづけてね」って、先生に言われたことを弾きながら思い出した。そして、その言葉の意味がちょっとわかった気がした。体に染み付いた指の動き、音の連なり。なんともいえない心地よさ、楽しさ、喜びみたいなものが一気に溢れ出す。背後で足を止める人が少しずつ増えていくのを感じる。誰かが動画を回しはじめる音も聞こえる。けど集中を切らさず、落ち着いて最後まで弾ききった。鍵盤から指をはなし、音の余韻が空気にとけて消える。ぱらぱらと拍手が湧いた。となりで比奈も目を丸くして、「なんかすごいよかった」と無音で手を叩いてる。

我に返るとだんだん顔が火照ってきて、耳まで熱くなった。

ピアノに蓋をして、たぁーっと駆け出す。

「えーっ、オイッ！」比奈の声。

北口側に出て、そのまま走った。追いかけてくる比奈が、「ちょ、まじ、走るのとか無理だから～」と後ろでへばってるんでスピードを緩めると、今度は比奈があたしを追い抜いてだぁーっと走って行った。

「なんだそれ！」

あたしは笑いながら追いかけた。

## ラバーズ像

駆け出す比奈のうしろ姿。長い髪がたなびいて、NewJeansの『Ditto』のMVじゃんって思いながらあとを追いかけた。比奈はそのまま信号を渡ってラバーズ像にたどり着くなりごろんと台座に寝転がった。あ、ここベンチなんだってつぶやきながら、あたしは息を弾ませ像を見上げた。

ラバーズ像は白くてすべすべした石のモニュメントだ。角のまあるい、大きい人と小さい人が静かに抱き合ってる彫刻の像。こんな近くで見るのははじめてだった。

「でか」

寝そべる比奈のとなりに腰を下ろして、ラバーズ像のことをスマホで調べる。Wikipediaによるとこの像を作ったのは女の人だった。それも富山出身。制作途中の写真を見ると、作者は頭にピンク色のバンダナを巻いて、横に倒したラバーズ像の上に座り、アシスタントの男性たちを従えていた。一人で作ってるわけじゃないんだ。チームのリーダーって感じ。へぇー。

あたしはリュックを下ろし、比奈の真似《まね》して仰向けに寝転がり空を見上げる。今日は天気が良くて雲もほとんどない。清廉潔白な、まじりけなしの澄んだ青。富山は曇り空が多いけど、だからこそたまに晴れるとものすごくきれいだった。

「こんなふうに外でだらだらするの久しぶりだ～」

「あたしも～」と比奈。

「平和だね」

「うん、平和だ」

ここにずっといたいな。いい気持ちで目を閉じかけた、そのとき。

「こんなとこで寝とったら邪魔やねか」

険のある声にドキッとして目を開ける。反射的に起き上がって見ると、ちょっと腰の曲がったおばあさんだった。頭には手編みらしい不格好なニット帽。両手に荷物を提げていて、どうやらここに座りたいらしい。座りたいなら座りたいって言ってくれればいいのに。暴言を吐かれ、ああまたかと思う。いきなり話しかけてくる老人は、かなりの確率でこういう態度だった。

「すいません」

棒読みで謝り、比奈を揺すって起こして「行こ」とせっつく。おばあさんは場所を譲ってもらったお礼を言うどころか、

「女の子なんにはしたない」

嫌味を吐いて、ツンとそっぽを向いた。

ハァアアア〜?-?-?

あたしと比奈は顔を見合わせ、心の中で地団駄を踏む。おばあさんにくってかかる

わけにもいかず、悔しさにワナワナ震えながら、その場を立ち去った。

## 環水公園

「せっかくチルできるいい場所だったのに」

比奈のぼやきに、あたしも大きくうなずく。

「老害だ老害」

憤慨しながら闇雲に歩き、気がつけば駅とは反対方向にずんずん進んでいた。

「なんかこれ、前と同じパターンじゃない？」

「前ってスタバのこと？」

「そうそう、追い出されるパターン」

「わ、ほんとだ。最悪。パターン化してる」

ぎゃははははは。

不運の連鎖をふり払うように、二人して思いきり笑い飛ばした。見知らぬ人から嫌なことをされたり言われたりするのはこりごりだけど、おかげで比奈との距離は縮まっていく。

街路樹がぽつぽつ植えられた遊歩道はだだっ広く、歩いているのはあたしと比奈くらい。スマホで地図を見ていた比奈が、「ねえ、環水《かんすい》公園行こうか?」と言う。環水公園は富山でいちばん素敵なデートスポットだ、たぶん。

「遠いんじゃない?」

「すぐそこだってGoogleは言ってる」

「あ、これあれじゃん、〝世界一美しい〟スタバ」

「ああ、〝世界一美しい〟スタバ!」

もはやソース不明のその称号を、富山の人たちはずっと使いつづけてる。

「え、行く?」

「でも外観だけで充分じゃない? スタバはスタバでしょ」

「だよね、じゃあこっちの富山県美術館とか」

「いいねー」

富山県美術館は開館した年に学校から特別授業で行ったのが最初で最後だった。上市に住んでるあたしからすれば、車で三十分以上かかるこの辺りは、そんなに気軽に来られる場所じゃない。

「あ、しかも美術館は高校生タダだって」

「じゃあ絶対そっち行こ！」

と言って軽い気持ちで進み出したものの、環水公園までの道のりは、歩いている者にはそれなりに遠い。整備された道は虚《むな》しく広く、視界の半分をぽっかりと青空が占める。まだどこにも目的地は見えなくて、あたしは途方に暮れた。どこに行くのも親の車だから脚がなまってて、ふくらはぎがもう張りはじめてる。橋を通り過ぎると「こっちこっち〜」、比奈が〈とやま自遊館〉の建物の裏を指さした。

「なんじゃやここはぁー！」

だいぶ奇妙な場所だった。ブラウンシュガーの角砂糖を積み上げたような、謎におごそかな建物。スケールは巨大だけど人の気配はなくて、そこはかとなく古代文明の遺跡っぽい雰囲気がある。あたしたちは観光客みたいにきょろきょろ、スマホで写真を撮って歩いた。

「ねえ比奈、ちょっとそこに立って」

「こう?」

「いいね、もっとこう、脚広げてみて」

「こう?」

「めっちゃかっこいい!」

行き止まりの先には運河が広がり、たぷんたぷんと波が壁を打ちつけてる。富岩《ふがん》運河を縁取る建造物には柱が何本も立っていた。えんじ色だし、太くて短い円柱だし、パルテノン神殿のドーリア式とは似ても似つかないけど、あたしの目には充分それっぽく映った。失われた巨大文明との邂逅《かいこう》。

案内板によると、このあたりは〈泉と滝の広場〉というそう。二十分ごとにループの水盤から滝が流れると書いてあった。

「あっ、これ広場じゃん!」

アゴラだアゴラだと、オタクっぽく興奮しながら一人で盛り上がる。

テンションのおかしいあたしを見て、

「おーいどしたー」

比奈は不思議そうにしてる。

世界史の岡部先生が言ってたとおりだった。日本、公共空間に〝広場〟作りがち。けどそれがアゴラみたいに機能することはなくて、吹き溜まりになりがちって。

別に吹き溜まりって感じはしないけど、ここがあんまり流行ってないことはたしかだった。人の姿はぽつぽつ見える。小さい子を連れてる人、犬を散歩させてる人。杖をつきながらゆっくりと歩くお年寄り。のどかだ。けど活気はない。

寄ってきた柴犬を撫でようと手を出すと、人懐っこすぎて飛びついてきたんで、驚いて尻餅をついた。ワンワン吠えられ、「ぎゃーすいません」と、また二人して逃げ出す。丘の中腹まで一気に駆けのぼった。

「あー怖かったぁ。犬に吠えられるの傷つく」

「ちょ、とりあえず一回横になろ……」

比奈は芝生にスクールバッグを投げ出して、ダイブするみたいにごろんと寝そべった。あたしもリュックを放って膝をついた。芝生は水気を含んで少し冷たいけど、構わず寝転ぶ。息が弾んでる。もう脚が棒になって、とても疲れていた。

「あ、〝世界一美しい〟スタバ」

向こう岸に佇む水辺のスタバは、たしかにとても映《ば》えていた。芝生は青々して、小高い土手からせり出すようにして建つ。桜なんか咲いてたら最高だろうな。とりあえずカメラを起動させて一枚撮ったけど、あることを思い出して、ハァとため息をつき、その写真を消した。

「……うちの母親、不倫相手とあのスタバでお茶してるんだよね、何度か」

「げ、美羽のお母さんて不倫とか、そういう感じなんだ」

「そういう感じなの。デートした日のこと、めっちゃポエミーにXに書いてたことあってマジ呆れてる」

「Xに書くなよー。まぁ、美羽のお母さんなら美人だろうけどさぁ」

「うち田舎だから、不倫くらいしか刺激ないんだと思う」

「それなー」

比奈のそれなーが沁みた。

もう疲れたし、美術館に行くのはやめようってことになる。日が暮れだすまであたしたちは、そのまま一歩も動かなかった。

## ロッテリア

月曜日と木曜日は塾がはじまるまで、駅前で比奈と過ごすのが新たなルーティン。

授業が終わるとすぐに駅に向かって電車に乗り、最速で比奈のもとに向かう。

終点の電鉄富山駅で降りると比奈は待合室の中にいてスマホをさわっていた。ガラスをこんこん叩いて合図を送る。比奈は顔をあげ、手をふるあたしを見つけてパアッと笑顔になる。ガラス越しにあたしも、会えた喜びが顔に溢れた。

ガラスドアを押し開けて出てきた比奈は、まだブレザーだった。

「あれ、比奈の高校、衣替えまだなんだ?」

「あーそうそう。暑《あ》ちぃ」

比奈はブレザーを脱ぐと、くるっと腰に回して袖を結んだ。お互いあんまり自分の高校の話はしない。しても意味ないって思ってる。噂話も陰口も悪口もなし。それよりあたしたちは富山駅周辺を開拓する遊びに夢中だ。だんだん自分たちの遊びのスタイルが固まってきて、もうすっかり昔からの親友って感じ。

マルートみたいに新しくできたスポットにばかり人が溜まるけど、あたしたちはなぜか、誰も寄り付かない、さびれたエリアを攻略することを自分たちの使命みたいに思っていた。そういうレトロな場所のほうがなんかしっくりきた。過去への憧憬と同情。遺跡を発掘する考古学者みたいな気持ち。あたしたちはそういう、人のいない薄暗い場所、時の流れに打ち捨てられた空間を発見すると、お互いの写真を撮り合った。比奈は背が高いから引きで撮ると、モデルみたいでめちゃくちゃかっこいい。本当はフィルムカメラで撮りたいけど、お金ないからそれっぽく写るカメラアプリを使ってる。

ロッテリアの窓際席に座って腹ごしらえしながら、今日はどこを攻めようか計画を練った。

「うちらってまだCiC《シック》行ってないよね？」

「ないね。なにがあるんだろ」

CiCは駅前にある大きなビルだけど、大通りの向こう側にあって信号を渡らないと行けないから、心理的には微妙に遠かった。スマホで施設のフロアガイドを見ながら、四階にサイゼリヤがあることを発見して沸く。「今度サイゼ行こ！」「うん、行きたい行きたい！」。あとは市の施設とか、占いとかエステとか、うちらには関係ない店ばかり。

「占いにエステか。大人になったらそんな感じなのか、夢ないな」

あたしの何気ないぼやきに、比奈が笑って言った。

「ま、もう先は見えてるよね。うちらの自由時間、残り何年よ？」

「自由時間て？」

比奈は当たり前でしょって感じで言った。

「結婚するまであと何年かってことだけど？」

「結婚⁉　比奈もうそんなこと考えてるの⁇」

「まぁね、別に彼氏とかはいないけど。美羽は何歳で結婚するつもり？」

「えっ、考えたことないんですけど」

いきなりの質問にぎょっとして、思わず敬語になってしまう。結婚？　あたしが？　いやいやいやいやいやいや。まだ十七歳ですよ？　誰かとつき合ったこともないし、全然リアリティがない。

ところが比奈にとって結婚は、わりとリアルな人生の選択肢らしい。高校を卒業してすぐってわけじゃないけど、数年以内にはするでしょ、って感じ。あたしがあんまり驚いてるんで、じゃあ美羽のお母さんって何歳で結婚してる？　比奈は鋭く切り込む勢いで言った。

「二十四歳」

「うちは二十二歳」

「早っ」

「二年は誤差でしょ」

比奈は指折り数え、「ほら、二十二歳で結婚するならあと五年しかない」とぼやく。

「五年しかって、なんか余命宣告みたいな言い方だな」

「えー、だって結婚したら自分の人生は終わりでしょ？」

年寄りくさい物言いに笑ってしまう。何歳だよ、とか言って。しかし比奈は「そういうもんだよ」としみじみ悟った風だ。C・C・レモンの入ったロッテの紙カップが、煎茶の入った湯呑みに見えるくらいしみじみしてた。一緒に住んでるおばあちゃんから、そういう話をくり返し聞かされているそうだ。

「結婚して子ども産むと自分の人生が終わってお母さんとしての人生がはじまるって。だから遊びとかやりたいことは若いうちに思いきりやんなって。あたしが勉強しなくて成績ヤバくても、いいから遊べ遊べ、悔いの残らないように遊べって」

「へぇー……。なんかわかんないけど、パンクだね、おばあちゃん」

「パンクなのかなぁ」

二人で小首を傾げ合い、スマホで調べて、パンクとは一九七〇年代に流行した攻撃的で強烈な服装や髪型、音楽のスタイルだと知る。

「パンク精神とは反体制な態度や従来の規範に反抗するもの。個性や自己表現を尊重し、自分らしさを妥協せずに追求する姿勢、だって」

「じゃあ全然違うや、むしろ真逆」と比奈。

おばあちゃんはいつも隣近所の目を気にして、比奈の格好に厳しくチェックを入れてくるそうだ。「そんな格好したら噂になんねか」と目くじらを立て、おとなしくさせたがる。おばあちゃんは人と違ったり主流から外れたりすることを忌避するあまり、ほとんどびくびくして見えると比奈は言った。

「可哀想だから逆らわないんだ」

富山駅北口地下広場

駅前の信号を渡りながら見上げたＣｉＣは、白くて高くて、雪山みたいにそびえ立つ。窓ガラスに映り込む青空と白い雲。分厚いガラスドアを押し開けて中に入ると、エントランスは高い高い吹き抜けだった。

「上見て」

比奈に言われ、首を思いきり反らせて天井を見上げる。

「あれ、ステンドグラスかな」

「平成感やば」

「たしかに」

スマホのレンズを向けて一枚撮っておいた。

一階には富山のものを並べるお土産屋さん。あたしは目についた商品を手に取り、「このパッケージじゃ買わなくない?」「ネーミングセンスないわー」なんてダメ出しばかり。比奈は「いや買うし!」「名前かわいいし!」とフォローしてくれる。

「比奈やさし〜。富山に対してやさしい」

「えー別に、普通じゃない?」

「あたし富山のものってなると、なんかサゲちゃうっていうか、バカにしちゃうっていうか。富山の人って富山のこと好きだけど、めっちゃバカにもしてるよね、なんでだろ」

「さぁ。親の影響？」

「それだ」

うちの親はほんと、富山のことをいちいちバカにする。とくにお母さんがひどい。思い通りにならないことがあったとき、なにかを諦めるとき、愚痴が止まらないとき、きまって「だって富山やもん」と嘆く。そこ富山関係なくない？　ってところでも、「富山やもん仕方ないわ」と富山のせいにして溜飲を下げた。

「富山かわいそー、八つ当たりされて」

そう言いながら比奈は商品の乱れをきれいに直して歩く。

ほかのフロアも一通り見て、最後にＢ１階を歩いたら、地下通路に直結した出口を世紀の大発見。

「えーっ、なにここーっ！」

マリエの外壁に似た、くすんだピンクのタイルの壁がどこまでも続いてる。蛍光灯は灰色の冷たい光を放ち、人通りは限りなくゼロ、あたしと比奈の独り占め状態。これはすごい、とんでもない場所を見つけてしまったと、あたしたちのテンションはぶち上がった。結局こういうのが最高なんだ。Googleで予習していない場所を、自分たちで見つけたときが。あたしたちがGoogleを出し抜いた、みたいな勝利感。

地下道の壁にはところどころ、タイルアートでアクセントをつけた装飾があった。花の絵や、富山のいろんな場所の絵がきれいに描かれている。

「え、なんかこういうの可愛いね」

「富山城だ」

「これはどこだろ」

「市役所でしょ?」

タイルアートの一つ一つにどうでもいい感想を言い合いながら先へ進む。「えーこれどこまで続いてるの?」「防空壕みたい」「あ、ここを出たら駅前なんだ」「え、こっちまだ先あるよ」。しーんとした空間にあたしたちの声だけがこだましてる。なんだか迷路に迷い込んだ気分。こんな場所があったなんて。油断してると角からいきなり人がぬっと現れたんで、「ヒャッ」と小さく悲鳴を上げてしまう。この通路を使ってる人も普通にいるらしい。

「そりゃそうだよね」

「雪降ってるときなら便利かも」

「たしかに冬にはいいね」

もう少し行くと空間が拓け、地下広場になっていた。また広場だ。いつの間にか富山駅をはるかに通り過ぎて、どうやら北口まで来ていたらしい。広場の真ん中にはなんだか唐突に大きな時計が設置されていた。

「なんじゃこりゃ……」

しげしげ眺める。このサイズ、幼稚園にある遊具みたいなカラーリング、童話めいた世界観。たぶんこれは、からくり時計なんじゃないかという結論に達した。

「えー動くとこ見てみたい」

比奈が言うので待ってみた。ベンチに腰掛け脚をぶらぶらさせながら、十分、二十分、三十分。あまりにも虚無な時間が流れて笑った。

「あ、美羽そろそろじゃない？」

比奈に言われてハッと気づく。時計の針が塾のはじまる時間を指している。

あたしは「ヤバッ」と立ち上がり、

「ごめん行くね」

地上に出る階段をタッタッタッと駆けのぼった。後ろから比奈が「シンデレラやん」と囃《はや》すので、「違います！」と大声で否定。

すると比奈は追いすがるように「美羽ぅ～おお、美羽ぅ～」とオーバーに芝居がかるので、あたしも「比奈ぁ～比奈ぁ～」、引き裂かれる恋人同士みたいに手を伸ばした。「なんだこれ！」という比奈の声が、地下道にこだました。

## 塾

塾がある日はほとんど毎回、こうやって比奈と遊んだ。富山駅周辺の行ったことのない場所を二人で回遊し、発掘して、写真を撮る遊び。エスタ、パティオさくら、駅北のアーバンプレイス。どんな辺鄙《へんぴ》な、入っちゃいけないような場所へでも、二人でならわがもの顔で入れた。今日はあそこに行こう、次はここへ行こう、ダンジョンを攻略するみたいに街の隅々まで歩き回って写真撮ってマーキングして、座れる場所を見つけたら居座っておしゃべり。そういう時間はすごく楽しかった。

けど、一ヶ月ちょっとでもう、あたしたちの開拓は終わりを迎えようとしていた。あたしたちの活動があまりに活発だからか、それとも富山が狭くてつまんない街だからか、駅周辺にはもはや開拓すべき場所はほとんど残されていなかった。

六月の終わり、期末テストの成績が学年で十八番まで落っこちたのを見て、まあ、そりゃそうなるよねって自分でも納得してしまった。中間テストのときとは明らかに根《こん》の詰め方が違ってたから。

だけど担任の先生からはとくにコメントもなし。成績上位者は先生にとっては安心材料でしかないらしく、悲しいくらい放置プレイだ。手のかかる人気者か、ＡＤＨＤ

を自称する子たちの相手ばかりしてる。優等生がちょっと順位を落としたくらいじゃ、わざわざ話しかけてくることもなかった。

成績についていちばん親身になって話を聞いてくれたのは、塾のニシナさんだ。スタディ・サポーターというみんなの勉強計画を見てくれる人で、希望すればいつでも個別相談に乗ってくれる。チャットでの相談も可。人に頼るのはすごく苦手だけど、チャットでなら気楽に自分から連絡できた。

〈こんばんは、高二進学Ａクラスの山岸美羽です〉

〈こんばんは、スタサポ仁科です。連絡ありがとうございます。どうされましたか？〉

〈あ、はい、期末テストで成績がだいぶ落ちてしまって悩んでて……〉

〈承知しました。このチャットで悩みを聞くこともできますし、後日、対面で勉強計画の指導をする形でも対応できますが、どちらがいいですか？〉

〈あ、じゃあ、対面でお願いします。親が一緒でなくてもいいですか？〉

〈もちろんです。三者面談ではなく、一対一の個別で承りますね〉

〈それでお願いします〉

〈では来週月曜、授業がはじまる一時間前の十七時に、カウンセリング・ルームまで来ることはできますか？　所要時間は三十分ほどになります〉

〈大丈夫です〉

〈それでは準備しておきますね。よろしくお願いします〉

〈お願いします〉


はじめて入るカウンセリング・ルーム。窓のない小部屋に机と椅子が二脚置かれていて、ニシナさんと向かい合わせで座った。ドロップショルダーのシャツの袖を肘までまくり、耳たぶには小さなフープピアスが揺れる。彼女が親より若いことは一目でわかった。それだけでリラックスできたし、話が通じる気がした。ニシナさんはあたしの成績をグラフ化した資料を広げ、ヒアリングをはじめた。

「山岸さんは自宅学習の習慣も身についてるし、成績が落ちるような要因をこちらでは見つけられなかったんだけど、なにか自分で気になってることとかありますか？」

「実は……」

　正直に告白した。

「四月から他校の友達ができて、放課後たまに遊ぶようになって、塾の前の時間に自習できない日もけっこうあったりして、それが原因だろうなーって思ってます」

　するとニシナさんは、ちょっと意外なリアクション。

「え、塾の前にちょっと遊んだくらいでしょ？　ってことは週二回？　そのくらいは問題ないと思うけどなぁ」

「そうなんですか？」

　前はスタバに最低二時間ねばってたから、週二回で四時間。一ヶ月ってことは少なくとも十六時間、勉強時間が減ってるわけなんですけど。

「もちろん大前提として、遊びより勉強優先で、できるだけ長く机に向かうのが望ましいよ。だけど個人的には、友達と遊ぶのには賛成だな。もし東大目指してるとかそういう目標があるなら別だけど」

「いやぁ別に、全然、目指してないです。志望校はあんまちゃんと考えてなくて」

「このまま成績キープできたら、有名私大を片っ端から受けるって感じかな」

「さあ」

あたしはちょっと投げやりに、他人事みたいに言った。受験について具体的なことは、本当になにも考えてない。

「まだ二年生なんだし、遊びを削るより、学習効率をアップする方法を考えましょうか。たとえばそうだな、これが、山岸さんに記入してもらった普段の勉強時間と、その内容をデータ入力してＡＩ分析したものなんだけど、山岸さんは自宅では、かなり机に向かってるみたいね」

「はい。なんかリビングに居づらくて。自分の部屋でヘッドホンして勉強してるほうが楽なんで」

「そっか」

ニシナさんはそれから少し考えて、さらっとなんでもないことのように言った。

「家庭でのこと、もし誰かに相談したかったら、適切な人を紹介するよ」

「あ、それは別に、大丈夫です」

「わかった。えっとね、山岸さんは趣味みたいに勉強できる反面、世界史とか英語とか、好きな科目に勉強時間を割く傾向なのね」

「たしかに。ノートまとめるの好きで、永遠とやっちゃうんですよね」

「永遠？」

ニシナさんは訂正した。「延々と、かな」

「それです」

ニシナさんは微笑んでつづける。

「そういう時間を、たとえば数学のワークを解くのに充てるとか、苦手な理数系の科目に割り振っていくっていうのが、主な改善点になるかな。好きな科目やって、苦手な科目やって、また好きな科目をやる、そうやって苦手科目を学習のルーティンに組み込んでいくの。好きな科目の勉強は、ある意味、ご褒美と思って」

あたしは親指の爪を嚙んで、はい、とうなずく。

「定期テストはあくまで苦手なところを知る手段だから。今回の期末テストの結果は、間違えた箇所を細かく見直していくに尽きるんだけど。苦手を克服するよう、勉強時間の配分を変えるのが、こちらから提案できることかな。どう？」

「……やってみます」

ニシナさんはあたしの毎日の勉強時間のグラフの、そのアドバイスが書かれている箇所に蛍光イエローでラインを引いた。

「家で苦手科目やるの、しんどいでしょ？　好きな勉強場所ある？」

「スタバです」

即答したあとで、そういえばあの盗撮事件のあと一度も行ってないことに気づいた。スタバで勉強する代わりに比奈と遊ぶようになったから、あんまり意識してなかったけど。それで慌てて、「あーでも最近は違うかも」と訂正した。

「ちょっといろいろあって、最近は行ってないです」

「いろいろ？」

ニシナさんがきょとん顔で訊き返すので、話の流れで盗撮事件のことを打ち明けた。スタバで勉強していたら知らない男から盗撮されたこと。けどその事件のおかげで比奈と出会えたから、結果的には自分の中でいいエピソードになってます、と。それは大変だったね、ニシナさんは同情しながら言った。

「日本ってみんな安全って思ってるけど、実際は性犯罪も多いし、とくに若い女の子は危険な目に遭いやすいからほんと気をつけてね。制服着てると狙われるでしょ、変な人に」

「ああ、そうかもです。狙われるっていうか、舐められるっていうか」

前にラバーズ像のベンチにいたところ、おばあさんにイチャモンつけられて追い払われたことも話した。

「そういうのはしょっちゅうあるんで」

ニシナさんがセットしたアラームが鳴り、会話が締めに向かって軌道修正される。

「まあ、安心して過ごせる好きな場所ならどこでもいいんだけど、そういう特別な場所では、がんばって苦手科目をやるっていうルーティンを作るっていうのはどうかな？」

小学生レベルのアドバイスだな、と思いつつ、小学生レベルのアドバイスをしてもらえたことになんかすごく癒やされた。ニシナさんは、「自習室なら〈TOYAMA

てくれた。

キラリ〉に入ってる図書館もすごくいいよ」と言って、お気に入りの席がどこか教え

「行ってみます」

それからニシナさんは、眩しそうに微笑んで言った。

「富山の思い出、いっぱい作っておいてほしいな。みんな家と学校と塾と、あとはせいぜいファボーレとかイオンみたいなショッピングモールしか行かないでしょ？　だから地元なのに、知ってるようで知らない街になってるんじゃないかな。親の車で送り迎えされるだけで、あっという間に十八歳になって、塾に来てるような子たちは県外に進学しちゃうからね。そのまま県外行ったっきりになる人も多いし。そうなると地元に愛着みたいなもの持てなくなっちゃう。山岸さんも進学先は県外志望でしょ？　じゃあ富山にいられるのはあと一年ちょっとだ」

あとどのくらい富山にいられるか。そういうふうに考えたことはなかった。別に富山から出て行きたいとも思っていない。勉強がんばって、成績を上げて、できるだけいい大学に行けたらいいなって、それだけ考えて生きていた。あたしに想像できる未

来はそこまでだから。

## 富山市立図書館

〈いい場所、教えてもらったよ〜。富山市立図書館！　自習室よさげだって。富山駅から市電に乗るんだけど、どう？〉

一緒にテリトリーを広げようと意気込んでDMを送ったのに、比奈からの返信は意外にもつれない。

〈んー、やめとく。今日ちょっと出られそうになくて。ごめんね〉

あたしは〈りょ。またね！〉ってクールに返信しながら、内心むくれた。比奈が来ないなら図書館はやめてマリエのスタバに行こうかな。けど、なんかそれも違うなって思う。友達と一緒じゃないとどこにも行けない子にはなりたくない。

だから今日は、一人で街に出ようと市電に乗った。富山駅から1系統の電車で西町を目指す。行ったことのない場所に一人で行くなんてはじめてだった。市電の乗り方を何度もスマホで確認して、かすかに緊張しながら路面電車に乗り込んだ。

古い車両だった。一両編成で、窓ガラスは外が砂嵐なのかと思うほど黄色く曇っていた。横並びのシートには乗客がしーんと目を閉じて座ってる。地鉄ビル前、電気ビル前、桜橋、荒町《あらまち》。車体がレールの上を走行すると、ガタゴト、ガタゴトと、丸い手すりが左右に大きく揺れた。アトラクションみたいな大袈裟な揺れ方に謎の笑いが込み上げてきて困る。あー、比奈がいてくれたらなあ。一緒じゃないと感情ひとつ顔に出せないや。

西町の停車場で市電を降り、点滅をはじめた青信号を駆け出して渡った。角に建つ〈TOYAMAキラリ〉はグレーと黒のモザイク状、トゲトゲしていて触ると痛そうで、どことなく悪の要塞感があったけど、エスカレーターでのぼった二階から上は別世界だ。吹き抜けの壁には杉かなにかの板が大量に貼り付けられていて、木に包まれてるみたいな感じ。わぁーっと心の中で子供っぽく感嘆の声を漏らした。大きな建物、広い空間は、有無を言わさず人を圧倒する。

図書館っていう感じはあんまりしないけど、そこはたしかに図書館だった。書架が並び、本がたくさんある。人々は静かに自分の興味と向き合う。木の匂いでかき消されていたけど、本の匂いもした。二つの匂いが混じり合っていた。本だってもともとは木だったんだなと思った。適当に一冊、棚から抜き出す。『村の記憶』という、廃村の記録を集めた富山の郷土資料だった。あたしはその本を持って窓辺の椅子にそっと腰掛け、ゆっくりページをめくった。

中にはたくさんの白黒写真が載っていた。お地蔵さん、山の中の神社、崩れた吊り橋。村への入口だという、道路の脇にある石の階段。合掌造りの立派な家々が並ぶ集落が、五箇山《ごかやま》のほかにもあったことに驚く。村の人々、家族。子供たちは大勢で集まって、木に登ったり、かまくらを作ったりして遊んでる。

こういった山村の主な収入源は炭焼きだったという。一九六〇年代から七〇年代にかけて、電気やガスが通ったことで木炭はいらなくなり、人々の生計がたたなくなった。廃村の理由はほかにもさまざま。ダムが作られて村ごと水没したり、地滑りや水害の被害にあったり、鉱山が閉業したり。住民の去った村の跡には、杉が植林されたそうだ。
あたしの住む上市町の廃村も載っていた。早月川《はやつきがわ》の上流には、下田《げだ》金山という金採掘で栄えた集落があったらしい。最盛期は戦国時代から江戸中期。

集落が廃絶したのは昭和四六（一九七一）年であった。昭和四四（一九六九）年八月の大水害で隣の蓬沢《よもぎざわ》集落から通じる農業用水が欠壊し、耕作できなくなったのが直接の原因である。当時、復旧の陳情はしたが、すぐには着工のメドは立たなかった。十二の世帯はどこも耕作面積が小さく、出稼ぎが多かった。残った妻と老人たちが共同田植えなどをして助け合ってきたが「これ以上農業は続けられぬ」と観念する。村の連帯もここまでで、各自で自活の道を選ぶしかない。一軒また一軒と、上市町北島などへ下りていった。しかし山への愛着は残る。

あたしは本をぱたんと閉じ、顔をあげ、窓の外の景色を眺めて小さくため息をついた。上市町北島はうちからすぐだし、一九七一年というとお父さんが生まれた年だ。

ものすごく近いけど、果てしなく遠い、あたしの知らない富山の歴史がそこにはあった。田んぼとアスファルトでできた町の歴史。そうか、古代ギリシアのように、あそこにもちゃんと歴史があったのか。過去のことはうまく摑めない。自分という存在と、町というものを結びつけられない。生まれてからずっと変わらず富山にいるけれど、自分はそこからぽっかり浮いていて、つながっている手応えが全然しない。

立ち上がって本を戻し、探検をつづけた。

すべてのフロア、すべての書架の間を縫って歩き、閲覧席を見て回る。ニシナさんが言っていたお気に入りの席はここかな？　と、探すでもなく探す。大きな閲覧室もあった。パーテーションで仕切られたブース、勉強に打ち込んでいる人たちの後ろ姿を眺め、いいなぁと思う。勉強も好きだけど、勉強してる人を見るのはもっと好きだ。よりよい自分になろうと、ちまちまノートに文字を書く行為は尊い。

エスカレーターでのぼったいちばん上のフロアは、ガラス美術館の常設展示室になっていた。勝手がわからなくて戸惑っていると受付の人に声をかけられた。

「高校生ですか？」

「はい」

「高校生以下は無料です。もしお時間よろしかったらどうぞ、ご覧になっていってください」

あたしは黙ってこくんとうなずき、ちょっと恐る恐る、展示室へ進んだ。そこはアメリカのガラス美術家の作品が収蔵されている所だった。デイル・チフーリ。写真によると、怪しげな眼帯をつけた、もじゃもじゃ頭のおじさんだ。

通路にはガラスのシャンデリアが吊り下がる。南国のフルーツっぽいつやつやした原色に、燃え上がる炎みたいな奇っ怪なシルエット。その先の通路の天井には、海の生物みたいなガラス作品がびっしり詰まっていた。なにこれ……。それは単純に、見たことのないものだった。本当にガラスでできているのか信じられないほどの、奇妙な形と強烈にビビッドな色。

さらに奥へ進むと、もっととんでもないものがあった。真っ暗な展示室に古い木製ボートが浮かび、大きなガラスの玉が、こぼれるほど積まれている。バランスボールぐらいあるガラス玉は、縁日の水風船みたいなマーブル模様。ごろごろと、いまにも転がっていきそうな感じで大量に積載されている。あまりにも静かで、きれいで、なんだかあの世みたい。人が死ぬと魂はこんなガラスの玉になって、三途の川をボートで渡っていくのかもしれない。少しの間、その空間にぼんやりと佇んだ。

## 教室

梅雨の低気圧に空気はどんより重たく、昼休み後の授業は居眠り勢が続出だった。岡部先生はさすがにやる気をなくしたのか、授業はどこまでも脱線していく。

「あんたらちちゃ、どのくらいニュース見とるもんけ？　なーんニュース言っても、最近どこの局も大谷翔平が投げたやら大谷翔平が打ったやら、そんなんばっかりで大事なニュースいっこも伝えんがね。ちょっと聞くけども、いまパレスチナとイスラエルでなにが起きとっか、あんたらちちゃあ、どんくらいわかっとるもんけ？」

起きてる人は全員、ぽかんとしてる。

岡部先生は黒板にチョークを走らせて中東の地図を描いた。

「期末テストも終わっしもて、だやーなっとるけど、世界史を勉強すっと世界のことよーわかっから、がんばってついてこられ。わからんと、国際ニュース見とってもなーんおもしないちゃ。ほんであんたら最近、パレスチナとイスラエルで起きとっこと、まだ勉強しとらんからよくわかってないやろ？　仕方ないちゃ。どこにあっかくらいはわかっけ？　わからんけ？　パレスチナちゃ、もともとこのあたりの、地中海東岸の地域の呼び名やったが。ちょうど新潟みたいな細長ぁい形しとっちゃ」

岡部先生は地図にぽんと☆をつけて、エルサレムと書き込んだ。

「ユダヤ教、キリスト教、イスラム教。三つの宗教の聖地が、みんなこのエルサレムいう場所にあんが。大昔やけどもぉ、先生バックパック背負ってここ行ったことあんが。ユダヤ教の聖地が〈嘆きの壁〉やろ、イスラム教の聖地が〈岩のドーム〉やろ、ほってキリスト教の聖地が〈聖墳墓《せいふんぼ》教会〉いうがやけど、みんな歩いて行けっ距離にあんがね。そもそもこのパレスチナとイスラエルの問題ちゃ、こないだあんたらちが勉強したローマ帝国、あれが最初の原因なが」

　えっ⁉

　思わず声が出そうになった。まさか、そんな大昔の話が出てくるなんて。ローマ帝国が繁栄していた頃、日本はまだ弥生時代だ。

「もともとこの土地におられたんちゃ、ユダヤ人やったがね。ユダヤ人の王国がここにあったん。なんに、ローマ帝国がやって来て滅ぼしてしもたんよ。ほんでそっからユダヤ人の人らちちゃ、故郷がなくなってしもて、みんな住む場所に困って散り散りになんが。国外離散、ディアスポラいうがやけど、そっからずーっとヨーロッパ中で迫害されとったが」

　ずーっと？　二千年も？

「あんたらゲットーいう言葉、聞いたことあっけ？　なんやらスラム街みたいな意味で使《っ》ことっかもしれんけど、ゲットーちゃ、ヨーロッパの国々でユダヤ人の人らちが強制的に押し込められとった居住区のことなん。ほしたら、もともとユダヤ人が住んどったパレスチナの土地ちゃどうなったんかいうたら……」

岡部先生は白頁の地図にさらに線を付け足しユーラシア大陸を大きく描くと、巨大なエリアに斜線を引いた。

「こっだけ広いとこを六百年以上、オスマン帝国が統治しとったがね。オスマン帝国ちゃ、ゆるやかーに統治すっとこやったから、ミッレトいうて、イスラム教徒、ムスリムじゃない人たちの宗教共同体があったん。多民族・多宗教やったけど、みんなうまいこと共存しとられたん。ほやけどだんだんオスマン帝国は弱体化していって、〈瀕死の病人〉言われっほどボロボロになってしまったんね。時代の流れに取り残されしもたが。そいとこに第一次世界大戦が起きしもて……」

あたしはノートの隅にメモをとりながら耳を傾けた。

「ほんでそんときに同盟国側やったオスマン帝国は負けて、パレスチナの土地は戦勝国のイギリスとフランスの委任統治領にされっしもたが。植民地みたいなもんやちゃ。ほしたらぁ、イギリスがだらなことしたん。

ユダヤ人ちゃ、自分たちの国がほしい人らちゃろ？　あげっちゃ、ここにあんたらちの国家を建国しられ、言うたん。けど同時に、アラブ人にも独立の話を持ちかけたん。ついでにフランスにも、戦争終わったらここは分割しようや〜いうて持ちかける三枚舌外交して、引っ掻き回したんやわ。ひどかろう？

そんなことあってから間もなく第二次世界大戦が起こってぇ、これはさすがにあんたらも知っとると思うけども、ホロコーストが起きんがね。ナチスドイツがヨーロッパに住んどられるユダヤ人の人らちを、六百万人も殺したん。六百万人いうたらとんでもない数やちゃ。よぉ考えてみられ。あんたらが住んどるこの富山県いうとこちゃ、人口何人おるけ？」

百万人。あたしは心の中で答えた。人口百万人。とてもそんなに住んでるようには感じないけど。

「富山県の人口の六倍の人間殺しとんがやから、どっだけひどかったか。戦争じゃないちゃ、大量虐殺やちゃ。ジェノサイドいう言葉、聞いたことないけ？」

みんな顔を見合わせてる。

「第二次世界大戦のあと、日本なんかは、あー戦争終わった終わったーってなったねか。ＧＨＱがしばらく占領しとったけど、なんか知らんけどいいがにしてってくれたし、経済的にもすぐ立ち直ってってたねか。でも、戦争終わってもなんも解決せんと、また違う戦争はじめる国もでかいとあんが」

岡部先生は黒板にカンカンカンとチョークの音を響かせた。

一九四八年　イスラエル建国
「イギリスが国連に丸投げして、決議されたん。パレスチナの土地を分割しますいうて。ほいでユダヤ人が新しい国の建国を宣言したん。これがイスラエルやちゃ。いくらなんでも乱暴な話やと思わんけ？　ホロコーストのあと、ヨーロッパででかいと難民になっとったユダヤ人を、パレスチナに押しつけた形やちゃ。そいで今度は、もともとパレスチナに住んどった人たちが何百万人も難民になっしもて」

え、ひどい。ひどいけど、いいものと悪者の差がよくわかんなくて混乱する。どっちの味方すればいいやつか全然わからない。だってユダヤ人はホロコーストの犠牲者なわけだし……。

「そりゃ戦争になっちゃよ。そっからずーっと途切れ途切れに、中東戦争ちゃくり返されとるが。第一次中東戦争でイスラエルが勝って、領土たくさん取ってってたがね。

地図見てみられま。イスラエルの国の中に、パレスチナ自治区ゆうて、飛び地みたいにして二つに分かれとるやろ。こっち側はヨルダン川西岸地区っていうがだけど、いま大変なことになっとるがはこっち側やわ。なんて言うけ?」

「ガザ地区」

誰かが答えた。

「ガザちゃ可哀《かあい》さげなとこで、エジプトの管理下やった頃に、パレスチナ難民の人らちがわーっと流れて行ったから、人口密度がもっすごい高いがね。しかも二〇〇七年、自治区の周りにイスラエル軍がいきなり分離壁いうもん作って、覆っしもたん。地区を丸ごと封鎖すっちゃ、中におる人たち、嬲《なぶ》り殺しにするいうことやねか。酷かろ?ヨルダン川西岸地区の分割壁に、バンクシーいう人がよぉ来《こ》られて、絵ぇ描いとられっちゃ。あのつさん、イギリスの人ながね」

岡部先生は黒板にネズミの絵を付け足した。お腹がたぷっとしたグラフィティ調のドブネズミ。岡部先生がさらっとこんな絵を描けるなんて知らなかった。「絵うま」という男子の声が聞こえたけど、なんかガザの話を笑いにするのは違うなって感じで、誰も盛り上がらず、先生の話を待つ。

「そって去年の十月に、業を煮やしたガザ側のハマスいう組織がイスラエル側に攻撃したんやわ。ほしたら今度はイスラエル側がばんばん空爆しはじめて、もう何万いう人が死んどるが。ガザの人口ちゃもともと子供が多いから、半数以上の犠牲者が子供やいう話やわ」

そこで男子が言った。

「あー先に手ぇ出したんだ」

「先に？」

岡部先生はピキッと引っかかった様子で、その男子を見やる。

「まあ、いじめっ子の論理やと、そうなっかもしれんねえ。先に手ぇ出したもんが悪い言うて、自分らちが反撃に出たこと、正当化する言い訳に使うがね。けど、子供と大人くらい圧倒的に力に差ぁあっても、そいこと言えるけ？　虐待にならんけ？」

教室にめずらしく緊張した空気が流れた。あの温厚な岡部先生が怒っていた。浅はかな男子にじゃなくて、イスラエルに。

「なんのせ、イスラエルにはアメリカがついとっから、でかいと資金援助してもろとっちゃ。なんでアメリカがイスラエルの支援しとっかわかっけ？　ディアスポラで世界中に散らばったユダヤ人の末裔にちゃ、今アメリカに住んどられる人もたくさんおられるが。アメリカは移民の国やからね。なかには仕事で成功してお金持ちな人もでかいとおるちゃ。あんたらハリウッドはわかるやろ？　ハリウッドちゃユダヤ人が作ったんね。もとは東海岸に住んどったユダヤ人の人らちが西海岸のロサンゼルスに移住して映画作っとるうちに、映画の都になってってったん。そやから映画会社の創業者にユダヤ人はでかいとおられっちゃ。アメリカにはそういうユダヤ系の企業が山ほどあんが。そいとこがイスラエルを支援しとるから、アメリカの政治家もほとんどがイスラエル側に味方すっちゃね。たとえばあんたらがいつも使ことる店も、企業としてイスラエルを支援しとったら、レジで払ろた金もそっちにどんどん流れて、ガザを攻撃する軍事費に回っとるゆうこともあるが」

岡部先生は黒板消しを手に、少しずつ中東の地図を消していく。そして次に、すごく雑な世界地図を描くと、パレスチナとイスラエルが争っている場所に向かって、あらゆる場所から矢印を飛ばした。

「イスラエルを支援しとる大企業いうたら、よく言われんがは、まずディズニーやろ、コカ・コーラやろ、マクドナルドやろ、あとあれ……スターバックス」

その瞬間、あたしの脳天に雷が落ちた。

スタバ？　あたしの愛するスタバ？

「パレスチナ、イスラエルちゃ、日本から遠いねか。普通に生きとったら行かんちゃ。やけど、今みたいなグローバル社会やと、企業は世界中に進出しとっから、普段の買い物とおして、みんな一つにつながって、関わっとんが。今ぁ世界中でスターバックスやらマクドナルドやらの不買運動が起きとんがやけど、知らんけ？　あんたらちが普段見とるSNSに、そいがちゃ流れてこんもんけ？　まあ、日本やとあんまりそいこと積極的にやっとる人は少ないがかもしれんけど、熱心な人はがんばってボイコットしとられっちゃ。デモしたり、声あげて。世界史ちゃ、今起きとることとつながっとるがね。あんたらちがいつもお金使っとる店やら商品やらを通して、自分らちも世界とつながっとるってことくらいは、憶えとかれ」

バニラクリームフラペチーノの甘ったるさを思い出そうとすると、口の中に嫌な苦みが広がった。

岡部先生の話はいつになく難しくて、パレスチナとイスラエルの歴史のことは正直なんとなくしかわからなかったけど、軍事費の流れの部分ははっきり理解できたと思う。あたしがスタバのレジで払ったお金が、世界をぐるぐる回って、戦争に使われているかもしれないということ。授業が終わったあとの休み時間も、その次の授業中も、帰りのホームルームのときも、自分だけ別の時空にワープしたみたいに頭をジャックされ、そのことを考えた。体だけここに残して、あとは全部、遠くの戦場へ持って行かれた。

下校のときもガザのことで頭がいっぱいだった。歩きながらTikTokで#GAZA

を見ると、日本で行われたガザ侵攻への反対デモや、アメリカの大学生がキャンパスでやってる反戦運動の動画が流れてきた。いろんな場所でいろんな人がアクションを起こしてる。なのに、あたしはなにも知らなかった。テレビのニュース映像は自分には関係のないものとして遠くを流れていくだけだけど、TikTokに流れる動画は近くてリアルで生々しくて、自分の世界に含まれる現実というか、遠いけれど確かにつながってるものという感じがした。

空爆で家族を亡くしたガザの女の子が、ぽろぽろ大粒の涙をこぼしながら話す動画を見る。これは何語なんだろう、イヤホンから流れる耳慣れない言葉には、ちゃんと日本語字幕がつけられていた。女の子はこう言ってた。大事な人たちはみんないなくなってしまった、一緒に死ねたらよかった。そしたら、こんな苦しみと痛みを感じずに済んだのに——。

ほんの一年前まではガザにも日常があった。コーヒーを淹れ、スーパーで買い物し、ゲームセンターで遊び、花火を見る。クラシカルな建物と植物のある街はとても美しい。それが次の瞬間には、塵だらけの灰色をした瓦礫の山になる。ビルにロケット弾が命中し、人々は悲鳴をあげて逃げ惑う。目の前で家が破壊された人々の悲嘆。大破した建物から救出され、大人に抱きかかえられて避難する女の子の怯え。煙が立ち昇る瓦礫に座り込む男性の絶望。「僕たちはなにも悪いことはしていない」と泣きじゃくる男の子の怒り。死んだわが子を抱きながら嗚咽する母の虚脱。白い布に包まれた遺体にバラの花を手向ける女性の祈り。「プリーズ、ヘルプ、アス」と訴えかける、年の近い女の子。轟音、爆撃音、叫びと慟哭《どうこく》。戦場と化したショート動画は、トランプのカードをきるみたいに次から次へと入れ替わり、無限に流れた。

縦スクロールの画面から顔をあげ耳の穴からイヤホンを抜くと、自転車がチャリンとベルを鳴らし、あたしを追い越していった。車が通り過ぎる音、高校生の笑い声。いつもと変わらない富山の景色。瓦屋根の民家、駐車場、アスファルトの道路、田んぼ、コンビニ、行き交う車。あくびが出るほど退屈で、どこまでもつづく変化のない日常、平和な風景。

この落差、温度差。

なんだろうこれは。この二つの現実がパラレルに存在しているという不条理を、どう受け止めたらいいのだろう。日本は平和だって喜べばいい？　それって人間のすること？　じゃあどうしたらいい？　なにができる？

## 塾

夏休み前の三者面談にお母さんが登場。スタサポのニシナさんと三人、カウンセリング・ルームで向かい合ったけど、ニシナさんはうちの母親の顔を見るなり明らかに緊張していた。派手で圧強めで、デリカシーがなくて言葉がきつい。ヤンキー気質というか……。

「美羽さんの成績は本当に素晴らしいです。このままのペースでがんばれば、慶應、早稲田も狙えると思います。もし国立大を希望されるなら」

「えー美羽、ほんとに県外の大学行く気？」

ニシナさんの話の腰を思いきり折って、お母さんは眉毛を八の字にしてあたしに向き直った。

「美羽ぅ、本当にそんな大学行きたい?」

それは昔あたしに、「本当にそんなお菓子食べたい?」と訊いて、遠回しにあきらめさせたのとまったく同じ言い回しだった。ニシナさんはちょっと面食らいつつ、取り繕うような笑顔で言った。

「進路のお話、まだご家族でされてなかったんですね。早い人だと高二の夏休みから受験対策をはじめるので、できれば」

「一人っ子なんですこの子」

お母さんはまた人の話に割って入ると、骨ばった指であたしの肩を撫でた。

「だからあんまり親元から離れてほしくなくって。県外の大学なんか行って、富山に帰って来なくなったら困るじゃないですか。そういう人が多いって問題になってますよね?」

「問題?」ニシナさんの声に、少し険がまじる。

「ほら、地方から女の子がいなくなるって」

「ああ、それは、地方には若い女性が働きたいと思える仕事がそもそも少ないですし、富山の企業はどこも女性には補佐業務みたいな仕事しかさせないんで、優秀でやる気のある女性ほど富山に帰れなくて、結果として都会に流出してしまってるってことですよね」

お母さんは「あー」、気の抜けた相槌を打つと、なにか思いついたらしく両手をパシンと叩いて顔を輝かせて言った。

「でもそれって、ライバルが減っていい人見つけやすいってことじゃない?」

「やめてよ」

あたしはキレ気味で言った。いくら見た感じ若くても、こういう恋愛体質なところは完全に昔の人間なんで頭痛い。

「だって、いい人見つけて富山で暮らすのがいちばん幸せでしょう?」

いやいやいやいやいや。あたしとニシナさんは同時に椅子から腰を浮かせて否定した。

「いちばん幸せかどうかはあたしが判断するやつだから」

「そうですよお母さん、美羽さんまだ十七歳ですから」

えーっ。お母さんは不服そうに口角を下げてる。なにこのお姫様ポジション。元アイドルのママタレみたいなリアクション。ほんと恥ずかしい。

「もちろんわたしだって美羽のこといちばんに考えてますよ。塾に行きたいって言われたらお金出すし、そんなに大学行きたいって言うなら反対はしないけど。帰ったらお父さんに聞いて、お金のこととか。あとやっぱりあんまり遠くに行っちゃうのはさびしいなぁ。金沢じゃダメ？　金沢ならうちから通学できるでしょ？　だってそんな自分勝手に好きなところ行かれたんじゃや、なんのために育てたのかわかんないなーって思いません？　お子さんいらっしゃいます？」

いきなりニシナさんに質問が飛んだ。

「私ですか？　いえ」

「ご結婚は？」

「いえ」

嫌な予感が走る。

お母さんは、結婚してるかどうかで人を見るところがあった。冗談かと思うほど、既婚者と独身を、大人と子供ぐらい差別する。そしてこの瞬間からお母さんはまじで、ニシナさんを完全にスルーした。

「国立なら富山大学でいいでしょ？　車なら買ってあげるから、うちから車で通ったら？　ね？　そうしなよ」

今度はニシナさんがお母さんの話を遮った。

「……それじゃあ、またご家族で話し合ってみて、山岸さんの希望を少しずつ固めていきましょうか。学校の名前とか偏差値じゃなくても、大学でもっと勉強したいことがあれば、また選ぶ学校も変わってきますし」

もっと勉強したいこと。

「それってたとえば、好きな教科でもいいんですか？」

「もちろん。英語が好きなら英文科、みたいに選ぶのが自然だと思うよ。山岸さんは世界史が好きでしょう？　歴史学を学べる大学をリサーチして、たとえばそこの教授が書いた本が好きだったとか、あとは住んでみたい街にキャンパスがあるとか、そういう方向から選ぶのだっていいし」

あたしは無言で、お母さんの顔色をうかがった。

「美羽って世界史好きなんだー。わたしは全然ダメだったけどな。横文字の暗記っていちばん苦痛じゃない?」と笑ってる。なんでもすぐ自分の話に持っていく。

「まあ、まだ時間はたっぷりありますから」

ニシナさんは苦笑いで締めた。

## 親の車(ヤリス)

三者面談の帰りは雨だった。夕方のラッシュの真っ只中、薄暗い世界に街灯や信号や車のヘッドライト、ブレーキランプがちかちか忙《せわ》しなく光を放つ。夕方の渋滞は苦手だ。わけもなく不安になる。

助手席に座りながらフロントガラスに叩きつけられる雨粒の動きをぼんやり眺めて、それを生き物みたいに愛でていると、お母さんがワイパーのスイッチを入れ、無情にも一掃してしまった。

「ねえ美羽ほんとに県外の大学行きたいの?」

「まあ、うん」

「ほんとに?」

「……じゃあどうしてほしいの? はっきり言ってよ」

進路についてお母さんに考えを聞くのをずっと避けていた。この人と衝突するのは怖い。一体なにを言い出すんだろう。少しドキドキしながら「あたしにどうなってほしいの?」と突きつけると、

「え、別に、女の子だから、孫の顔見せてくれたらそれでいいって感じ?」

あっさりしたものだった。

「孫?」

なんじゃそりゃ。孫て。

「うん。だって美羽が産んでくれないとお母さん孫もてないでしょ、美羽一人っ子だから。別にすぐじゃなくてもいいけど、早く産んでくれたら子育て手伝ってあげられ

るし。遠くに住んでたらやだよ？　結婚してうちの近くに家建ててくれたらいくらでも手伝ってあげる」

なーんだ。たったそれだけか。孫。それがあたしに期待されているすべてなのか。孫。孫。孫。宇宙飛行士とか総理大臣なんて壮大な夢じゃなくて、ちょっと安心。あんまり期待されても重いし。けど孫って言われても、もちろんなにも嬉しくない。孫さえ産めばそれでいいって？　その望みは、勉強をがんばっているあたしを遠回しに全否定しているけど、お母さんはそのことに気づいていないみたいだった。お母さんはダメ押しみたいにまた蒸し返した。

「ねえ、さっきの塾の先生、結婚してないんだね。あの人三十代半ばくらい？　もうちょっと若いかな。けどどうするんだろうね」

「……どうするって？」

「だって子供いなかったら人生なにすんのって感じじゃない？　それに年とったとき困るでしょ。もーお母さん四十過ぎてからそういうことばっかり気になるようになっちゃった。介護してくれる人もいない、看取ってくれる人もいない、お墓参りしてくれる人もいないなんて悲惨すぎ。やっぱり家族がいないとね」

「じゃあおじいちゃんおばあちゃんが要介護になったらお母さんが面倒見るの？」

「やだ怖いこと訊かないでよもう、そんな恐ろしいこと考えたくない！」

お母さんは本気で嫌そうにつっぱね、

「あーもー前の車ウザい」

ウインカーを出してサイドミラーに目をやる。

「後ろ車来てない？」

あたしは後ろを向いて確認する役。

「来てない」

お母さんはアクセルを踏み込み、右車線から追い越す。

「ほんと今からでもいいから婚活した方が絶対いい。悪いこと言わないから」

「それあたしに言ってる？」

「違う違う、さっきの塾の人」

「ニシナさん」

「その人。まあでも三十過ぎて婚活なんて、変な男しか残ってないよね絶対」

「じゃあ婚活って何歳のときにするのがいいの？　二十歳？」

「えー二十歳はさすがに早いかなぁ。けど若ければ若い方が有利でしょ」

「有利って？」

「条件のいい人が選んでくれる可能性が高くなるってこと」

「条件のいい人って？」

「そりゃあお金持ちで顔もいい人じゃない？」

「ふぅーん。金か顔なんだ」

「言い方ぁ〜」

「それで婚活、何歳がベストなの？」

「うーんそう言われるとなぁ」

「じゃあ二十五歳？」

「まあそれが普通かな」

「二十七だと？」

「それは遅い」

お母さんはピシャッと言い切ると、現実的なアドバイスをはじめた。

「富山はみんな結婚早いから、二十四で彼氏いなかったら、リアルでいい人に出会うのは見切りつけて、さっさと婚活はじめるのがいいんじゃない？」

そしてまたニシナさんのことを言い出した。

「やーでもほんと、人の子供の進路相談なんか乗ってないで、自分の心配しないとねえ、あの人」

雨が激しくなって、車体を攻撃するような強さで打ち付けてくる。あたしはふと気になって訊いてみた。

「お母さん、パレスチナとイスラエルのこと知ってる？」

「はい？？？　なんの話ぃ？」

「いま戦争みたいなことになってるじゃん。ガザが攻撃されて」

「ああ、そうだね」

「どう思う？」

「どう思うって……なにが？」

「なんで戦争になってるか知ってる？」

「えーそんなの知らないよ。難しいこと訊かないでよ。ていうか考えなくていいよ。関係なくない？　そんな行ったこともない国なんか。東京だって関係ないのに。その国の人だって、よその人間に口挟まれたくないでしょ。ほっとけばいい」

ちょうどそのとき、スマホ画面に通知があった。久々の、比奈からのインスタDMだった。

〈元気～？　なにしてる？　こないだ図書館行けなくてごめんね〉

完璧なタイミング。そのDMは文字通り、あたしを救ってくれた。

〈うちの母親がヤバい人物すぎて死にたくなってたとこ〉

DMにはすぐ既読がついて、比奈からの返信が届いた。

〈いつでも迎えに行くぜ〉

家

帰宅するとお父さんがエプロンしてごはん作ってた。

「おかえり」

「ただいま」

お父さんのおかえりにただいまを返すのはあたしだけだ。お母さんは目も合わさず寝室に直行。寝室はお母さんが一人で使ってて、お父さんはここ数年、別の部屋で寝起きしてる。コロナのときからずっとこんな調子。前は離婚したらどうしようって怯えてたけど、今は逆に、この人たちなんで離婚しないんだろうって冷めた目で見てる。

なんで離婚しないのか、理由はわかってる。普通でなくなるのが怖いからだ。お父さんもお母さんも、普通でいたい人たちだから。富山県の離婚率は全国一低い。千人あたり一・〇八は群を抜いて低い数字だった。コロナ初期に、お母さんの怒鳴り声が響くリビングから逃げてネットで調べてたら、そんなデータが出てきた。

全国でいちばん離婚率が低いってことは、富山はどこも家庭円満ってこと？　みんなのうちは両親の仲が良くて、こんなにケンカばっかしてるのはうちだけ？　それってすごい疎外感……落ち込みながら考えて、あー違うって気づいた。どんなに夫婦仲が悪くても、家の中がギスギスしてても、我慢して、離婚はしないから、離婚率が低いってことなんだ。だって離婚なんかしたら、「あそこのうちは離婚した」って一生言われるから。まるで悪いことをした犯罪者みたいに、ヘマをした間抜けみたいに、一生そのレッテルは纏《まつ》わりついて、指をさされ続けるから。つまり自分たちが、そういうふうに人のことをあれこれ言って笑ってるってことなんだけど。そんな目に遭うくらいなら我慢する方をとる、そういう生き方。

「美羽、生姜焼き食べる？」とお父さん。

「食べる食べる」

お父さんが作るごはんは味にパンチがきいてて美味しい。けど、お父さんには献立の概念がなくて、基本的に一品料理なのがなんとも残念だった。生姜焼きってことは、生姜焼きだけを作ってて、それ以外のものはなにも用意してないってこと。自分はビールと一緒に食べるからそれでいいのかもしれないけど。あたしは冷凍ごはんをチンして、フリーズドライのお味噌汁にお湯を注いだ。

なにからなにまで、お母さんの作るごはんとは逆だった。お母さんのごはんは、おかずがいろいろあって見た目が豪華だけど、味はどれも薄くてぼんやりしてる。健康のためっていう理由で、とにかく塩が足りてなかった。けど料理のダメ出しはお母さんの地雷だから、そのことは死んでも言えない。どちらか一方が作ったごはんを食べながら、あたしはいつも思った。二人で力を合わせて作ってくれたら完璧なんだけどな。味の濃いメインの料理と、ごはんとお味噌汁と薄味の小鉢がいろいろ揃った最高の夕飯になるはず。そしたらあたしはテーブルを拭いたりお箸を揃えたりする役を買って出よう。

解凍した白米をお茶碗に移すのが面倒だから、タッパーのまま食卓に持っていって食べた。「生姜焼きウマ」、ごはんの上にお肉をワンバウンドさせる。「あーうまぁ」、お父さんも自分で作った料理を美味い美味いと褒めちぎって二本目のビールを開け、テレビ全然おもしろくないなと文句を言いながら『モニタリング』を見続けた。

お父さんが料理を作るようになったのもコロナがはじまってからだ。ステイホームで時間ができて、一日三食も作るなんてありえないってブチギレてるお母さんの代わりに、お父さんが自分でやるようになった。お父さんがはじめて作ったのはレタスチャーハンだった。

「あ、美味しい」

一口食べてすぐ、あたしは口の中いっぱいに広がる快楽に驚いて言った。油と創味《そうみ》シャンタンをたっぷり使ったチャーハンは天国の味だった。YouTubeで中華料理店の料理人が公開していた動画を見て、そのとおりに作ったらしい。お母さんは、家庭料理とは味付けの濃さが全然違うから、こんなの毎日食べてたら体壊すって、一口も食べようとしなかった。思えばそのあたりから、二人はダメになっていった。

まあ、もともと相性も悪かったんだと思う。気弱で温厚で事なかれ主義のお父さんと、勝ち気でズケズケものを言うお母さん。ちいかわと鬼滅の刃のキャラクターが間違って同じ映画に出ちゃったみたいな感じ。ユニバースが違う者同士が、間違えた相手と結婚して、無理して一緒に家族をやってる。

離婚率が全国一低いにもかかわらず、お父さんには離婚歴があった。これはおばあちゃんがうっかり口を滑らせた秘密の話だ。お父さんは学生時代からつき合ってた人と結婚したけど、七年経っても子供ができなかったから別れてもらった、という話だった。

――別れてもらった。

おばあちゃんが何気なく口にしたそのフレーズが、ずっと忘れられない。

子供ができなかったことを理由に二人は離婚して、お父さんはすぐにお母さんと再婚した。お母さんは二十四歳だった。お父さんより十歳年下なのはそういう理由。

シャワーを浴びていると、つい考えてしまう。頭をごしごし洗いながら、自分が生まれた意味なんて求めてしまう。意味なんてない。夫婦が家族であるためには子供がマストアイテム、だから生まれた、それだけの話。身も蓋もない。どこまで行ってもそれ以上の意味のない生命。親のエゴの産物。祖父母のエゴの産物。普通の家族になるために必要だった存在。その誕生でもたらされた幸せは、誰かを踏みつけていたという事実。あ――あーあー。

こういうことを考えないようにするためには勉強がいちばんだ。英単語や古代ギリシアの哲学者の名前や数学の公式や元素記号で頭をいっぱいにして、考えたくないことを頭の隅に追いやって隠してしまうのが。

お風呂を出て髪を乾かしながら自分の部屋に戻り、スマホをタップ。すると大量のDMが届いていた。

〈上市の駅に着いたぞー〉

〈美羽のうち近い?〉

〈家の近くまで行こうか?〉

〈おーい〉

えっ⁉

比奈が送ってきた〈いつでも迎えに行くぜ〉ってメッセージを、あたしは気慰めで言ってるんだろうと思って、ハートのリアクションだけつけて、はいこのやり取りはおしまいって意思表示したつもりだった。思ってもみない比奈の行動にうろたえる。

ていうかそもそも移動手段は？　電車？　まさか自転車？

〈ごめん今ＤＭ見た。ほんとに上市まで来たの？　どうやって来たの？〉

〈車！〉

〈は？　車って誰の？〉

〈説明むず〉

慌ててＴシャツをかぶって、デニムのショートパンツに脚をとおした。尻ポケットにスマホだけ突っ込む。夜中に家を抜け出すなんてはじめてだった。玄関に下りると、お父さんが水をじゃーじゃー出しながらお皿を洗ってるところ。いけると思って、下駄箱から出したスポーツサンダルを手に持って玄関ドアを開け、わずかな隙間から体を滑らせて外に出た。またそうっとドアを戻し、取手から手を離して、一呼吸。

……たぶん大丈夫。関門突破。玄関のアプローチから離れたところでスポサンを履いた。マジックテープのべりっという音が、夜に響いた。

雨は止んでいた。この辺りは街灯が少なくて、月の出ていない夜はぞっとするほど暗い。濡れたアスファルトのせいか、雨上がりの湿気か、ぬらぬらと濃い闇が広がっている。田んぼの間をアスファルトが走り、合間にぽつぽつ立つ民家からは、蛍光灯の白い光やテレビの明滅が漏れる。こんなふうに夜道をぶらぶら歩いたことはなかった。変な時間に外を歩こうとすると、お母さんがそういう目立つことやめてって車を出すから。

夜の外気に触れているだけでなんだか怖い。背中の後ろのあたりになにかがいる気がしてくる。そんな恐怖心を打ち消したくて、ぶんぶん手をふりながら大股で、なだらかな坂をくだる。幅の広い道に出ると、電柱の街灯に照らされるように白い車が停まっていた。

## 知らない人の車(インプレッサ)

助手席のガラスをのぞくと制服姿の比奈が座っていて、運転席の男となにか話していた。コツコツ。爪でガラスを叩く。比奈はこちらを向き、顔をパァッと輝かせる。後ろに乗ってと合図され、後部座席のドアノブに手をかけた。

「美羽ぅ〜〜〜会いたかったぁ〜〜〜〜」

比奈は助手席と運転席の隙間から無理やり体を通して、後部座席のあたしのとなりにやって来る。

「あああ、比奈ちゃん靴、靴ぅ」

運転席の男は情けない声を出し、比奈に踏まれた助手席のシートを手で払った。比奈はそんなのお構いなしだ。

「久しぶり〜〜〜」

熱烈にハグしながら、犬みたいに顔まで舐めてきそうな勢い。

「期末テストもう終わった?」

「終わった終わった。比奈の学校もそうでしょ?」

なにも考えずに訊いたら、

「え、比奈ちゃんは学校行ってないから」

運転席の男が比奈の代わりにこたえた。

「えっ？」思わず比奈の顔を見る。

「バレたか」舌を出しておどけてみせる比奈。

「そうなの？」

「うん」

あれでも制服は？　と言おうとして、言葉を呑み込んだ。学校帰りだと思ってたけど、そうじゃなかったってこと？　どこの制服？　なんとなく訊きづらくて、運転席の男と目が合ったので「比奈の彼氏ですか？」と話題を変えた。

「違うよ」

否定したのは比奈だった。

「広い意味で友達かな。でもお金くれるからパパ活か」

「車出しまーす」

男は〝パパ活〟をかき消すように声を張った。

どこに行くの？　って訊いたら、比奈はただのドライブだよと言う。夜のドライブははじめて。というか、目的地までの移動じゃない、純粋なドライブもはじめて。知らない人の車に乗るのも。家を抜け出すのも。なにもかもがはじめて。ちょっとテンションが高まってそんなことを告白すると、

「美羽は守られて生きてんなー」比奈が言った。

「そうなの？　そうかな」

「富山の子はまじめだもんね」運転席から男が言った。

つーか誰なの？　あたしが警戒心に溢れた棘のある声で「みんな富山の人でしょ？」、当たり前みたいに言うと、いやいや比奈ちゃんは、男がなにか言いかける。比奈が「シッ」とかき消し、乱暴に運転席のシートを蹴った。

「え、比奈、どした？」

「なんでもない」

比奈は不機嫌に押し黙ってしまった。しばらくの沈黙のあと、男が気を取り直して言った。「二人はどこ行きたい？」

「サコタに任せるわ」比奈が言った。

「サコタ……ってそれ名前？」

「そうそう、迫田朋晃」と比奈が教えてくれる。

それがこのおぢの名前か。ハンドルを握る男を後ろから、白い目で睨《にら》みつける。もしなにか事件に巻き込まれたときすぐ警察に言えるように、サコタトモアキ、サコタトモアキ、頭の中で復唱して、海馬に叩き込んでおいた。

サコタは道の先にコンビニを見つけるとウインカーを出してゆっくり曲がり、車を駐車場に停める。財布から千円札を出して比奈に渡して、「缶コーヒー買ってきて」と言い、車から降りると一人、アイコスを吸いはじめた。うちのお母さんもいつからか、タバコをやめてアイコスを吸うようになった。キッチンの換気扇の下で、缶のハイボール飲みながら、スマホ片手に。

# 夜のコンビニ

夜八時をまわったコンビニの明るさは希望の光だ、心を芯から潤してくれる。冷蔵棚から〈カウヒー〉をゲットしただけでテンションＭＡＸ。

「風呂上がりのカウヒー最高～」

「あ！　いいな、あたしもそれにしよ」

比奈も、牛が描かれた紙パックの乳飲料に手を伸ばした。

「缶コーヒーってどれがいいの？」

「知らん。おっさんだからBOSSでいいよBOSSで」

「だね」

花火セットが売られているのを見つけた比奈が、特大サイズのやつを持ってきた。

「これ買おうよ」

「やー千円しかないからなぁ」

あたしは暗算して、いちばん小さいサイズの花火セットを手に取り、「これならギリ買える」とレジに持っていく。

レジに立ってたのは、おばあさん寄りのおばさんって年格好の人だった。痩せて腕なんか枯れ枝みたいに水気がない。一瞬、こんな時間にうちらみたいな女子が二人で来たら、早く家に帰りなさいって叱ってくるかと身構えたけど、あたしたちのことなんてまるで見えてなかった。心ここにあらずな表情で、無言でピッピッとバーコードを読み込んでいくだけだった。悲しくなるほど無感情な、虚ろな目をしてた。

ふと、岡部先生が言っていた古代ギリシアの話が頭をよぎる。市民権のある男たちがアゴラでくっちゃべってる間、妻や奴隷は働きつづけたって話を。なんだか胸が苦しくなり、うつむいて目を逸らした。

「これ持ってくね」

レジが済んだ三本のドリンクを比奈がごそっと両手で挟んだので、あたしは「あーちょっと待って」と制止して、今のうちにと小声で訊いた。

「サコタ、何者なの？」

「Xで知り合った」

「ほんとにパパ活じゃない？」

比奈はにやりと笑うと、違うよ、と言った。

サコタに対する比奈の態度を見ていたら、そんなに危険な人じゃないのかなぁと、だんだん思えてきた。なにか危ないことが起きたら、全力で逃げればいいんだからと自分をごまかす。だって今、すごく楽しいから。家から離れて、夜のコンビニで比奈と花火を買うなんて、楽しくて仕方ない。こんな楽しさを知ってしまって、勉強に戻れるのかなーとちょっと心配になる。けどそのことも、もう考えない。この夜がどうなるのか、最後はどこに行き着くのか、全部この目で見たいと思った。

## 展望台

車は山道を登る。誰もなにもしゃべらない車内で、K‐POPっぽいなにかが流れつづける。窓の外、ヘッドライトが照らす景色を見ていると、道路の脇に一瞬、苔むしたような石の階段が目に飛び込んだ。「あっ」と思ったときにはもう通り過ぎていて、あたしはその発見を比奈にも伝えられず、自分の中に呑み込む。図書館でめくった本で知った、ああいう古びた石の階段は、村への入口なんだってこと。あの階段の先には昔、村があったんだ。きっとそうなんだ。

車が停まった。そこはだだっ広い駐車場で、三角屋根のあずまやとコイン式の望遠鏡があるだけだった。展望台っていうからタワーみたいなのを想像してたけど、富山にそんなのあるわけないか。サコタはあずまやのベンチに腰を下ろして、スマホをさわりながらBOSSを飲んでアイコスを吸ってる。あたしたちは距離をとって駐車場の地面に座り、景色を見渡した。控えめな夜景と、その向こうに広がる漆黒の富山湾。アスファルトからはじんわり雨のしめりけがお尻に伝わってきたけど、あたしも比奈も気にしない。

「ここ、よく来るの？」

「前に一回だけ」

「こういう所でサコタとなにするの?」

「ハハハッ」

　比奈は笑い飛ばし、美羽が心配してるような関係じゃないよと強調して、知り合った経緯を教えてくれた。サコタの正体は、Xのアカウント〈ずっと富山にいる人〉の中の人だという。それを聞いた瞬間、あたしは「まじかー!」と叫んだ。

「あたしもフォローしてる!　超好き、あのアカウント」

〈ずっと富山にいる人〉は、富山県内のあちこちへお出かけした情報を淡々とつぶやく。魚津水族館のお土産屋さんを紹介したポストが万バズいってて、トップにピン留めされてる。富山県内全域に出没するけど、たぶん呉東《ごとう》の人だろうと思っていた。何度も穴の谷の霊水を汲みに来てるし。参道の途中で鹿に遭遇したってポストが、わりと最近もバズってた。サコタが〈ずっと富山にいる人〉と知ってあたしはすっかり安心した。比奈も、やっとわかってもらえたと安堵の表情だ。それほどまでに信頼度の高い〈ずっと富山にいる人〉。

それから比奈はスマホ画面をスクロールさせると、一枚の写真をあたしに見せた。スマホを受け取って、煌々と光る画面を見る。そこには戦場みたいな酷い光景が写っていた。建物がぐちゃぐちゃに破壊されて、爆撃を受けたみたいな悲惨な状態。

「これってガザの写真?」

比奈もガザの惨状に心を寄せてるんだと思って、少し興奮気味にたずねた。

比奈は首を横にふってこう言った。

「ガザじゃなくて能登だよ」

え……。

虚を衝かれた。ガザじゃなくて能登。つまりこれは、今年の一月一日に起きた能登地震で被災した、街の写真。

「あたし富山の人じゃないの。珠洲《すず》から来てる」

「珠洲って」

「能登半島のいちばん先っちょよね」

「それっていちばん被害があったところ?」

比奈はこくんとうなずいた。

「その写真は輪島市だけどね、朝市通り。酷いでしょ」

今度はあたしがうなずいた。酷い。酷い光景だった。ガザの様子と同じに見えた。

「地震あってからしばらく避難所にいたの。けど寒いししんどいし、まあまあ危険っていうか、気が安まらなくてさあ。二次避難で家族と離れてあたしだけ金沢のホテルに移ったんだけど、そこもしんどくなって。家は危なくてもう住めないけど仮設住宅もなかなかできないし、二月から富山のばあちゃんちに来てたんだ。ばあちゃん一人暮らしだったたし、ちょうどいいってなって。でもさぁ、久々に会ったらばあちゃん、なんかちょっと、たぶん認知症入ってて」

「えっ⁉」

「えって感じだよね。どうしたらいいんだろ。けど親に言ってないんだよね。心配かけたくなくて」

あたしはなにも言えず、比奈の腕をさするしかできない。自分の無力さ、無知さに愕然とする。能登の光景を、ガザと間違えたことが恥ずかしくて仕方ない。遠くの戦争にはTikTok越しに寄り添って、となりの県の災害がまるで見えてない自分がかっこ悪すぎた。

元日に起きた能登地震のとき、もちろん富山もけっこう揺れた。けど、うちは山に近くて地盤が固いのか、部屋の本棚にあった教科書が何冊か倒れただけで、グラス一つ割れなかった。地震当日は津波が来るかもしれないと怯えてたけど、次の日になるとクラスのグループＬＩＮＥに被害報告の写真が飛び交い、なんか盛り上がって、そのうち日常に戻った。能登で避難生活を送っている人のこともしばらくはニュースで目にしたけど、最近はもうほとんど聞かない。だから、まだ半年ちょっとしか経ってないのに、もう忘れかけてた。

「復興、全然進んでないんだよね。なんかちょっと、見捨てられてる」

そんなことないよ、という言葉を呑み込む。自分だって、もう忘れていたくせに。

「あたしにできることある?」

比奈は、一緒に遊んでくれるだけで充分だよと言った。友達できてうれしい、美羽と駅前で遊んでると、能登のことを考えなくてすむから助かると。考えるのはつらい、向き合うのはつらい。あたしたちは逃げることしかできない。あたしは進路から逃げて、家族から逃げて、比奈は能登から逃げてる。逃げていいじゃん。野生動物だって危険を察知したら逃げるんだし。

ゴールデンウィークに〈ずっと富山にいる人〉が能登のボランティアに行ったというポストを見て、比奈からコンタクトをとったそう。

「あたしが能登から避難してるって言うと、たぶんボランティアの延長みたいな感覚なのかな、遊び相手になってくれて、会うと五千円とかくれんの。別に変なことしてないんだけどね、恵んでくれてるのかも。パパ活って思ってるほうがさっぱりするし、そういうことにしてる」

比奈はけらけら笑った。

月の出ていない夜は暗く、表情は見えない。気温はまた少し下がって、ショートパンツから出した脚に風がひんやり冷たい。あたしは比奈にぴとっと体を寄せ、体温であたため合おうと腕に腕を絡めた。比奈もあたしの肩に頭をあずけた。二人で一体の彫刻になったみたい。

アイコスを吸い終わったサコタが、雨雲が来てるからさっさと花火やって帰ろうと言う。急かされながら、あたしと比奈だけ花火を持ち、サコタに火を点けてもらった。ロケットみたいに噴射する花火をくるくる回して、火の残像で円を描く。

「危なっ」

迷惑顔で逃げまわるサコタ。線香花火でしっぽり締め括ると、残ってたBOSSを花火の先端にかけて消火してくれた。この人が〈ずっと富山にいる人〉か……と、しゃがみ込むサコタの後頭部を眺めながら思った。遠くの空が光った。

「あ、来るぞ来るぞ、ゲリラ豪雨。さー帰ろ帰ろ」

「えーやだ、まだいたい」

ごねる比奈。二人であずまやの下に避難して、雷を待った。空をビカビカと光らせる稲妻。蛍光灯をパチパチ点けたり消したりするみたいに、空がショーをはじめる。

「光った!」

「光ったね!」

「おーい、もう帰るぞー」

一人だけ車に乗り込んだサコタが、窓を開けてあたしたちに言った。

「ケチ、もうちょっとだけいいじゃん」

「明日仕事なんだって」

サコタは三交代制の工場で働いているのだと比奈が教えてくれた。

「ちぇ」

「つまんない」

肩を落として渋々立ち上がった、そのときだった。

雷とは違う地鳴りのような音が、ドスドス言いながら近づいてくるのが聞こえた。

「これなんの音?」

怪訝な顔を見合わせていると、坂の下からハイビームが、駐車場を一巡するように照らした。黒塗りのミニバンがぬっと現れ、白線を無視して斜めに停まる。あたしは思わず比奈の手をぎゅっと握った。ヤバい人たちが来たんだとすぐにわかった。

ドアが開くと中からぞろぞろ男たちが降りてきた。一人、二人、三人、四人。男たちはこちらに気づくと、

「あれ〜女子いねえ？」

「おるやん」

「待ってしかもめっちゃかわいい」

「え、超若くね？　高校生？」

躊躇なく近づいて来た。

このシチュエーションはどう考えてもヤバいやつだった。あたしは比奈の手を引っ張って、足早にサコタの車に向かう。

「あれーどこ行くの？」

「ねー待って待って」

「おれらと遊ぼーよ」

とおせんぼして男たちは、こちらを弄ぶように行く手を遮る。ヘッドライトに照らされ、顔をそむけた。彼らはまるで自分たちのものみたいにこちらの肩に触れ、顔を覗き込んできた。

「やべ――――めっっちゃ可愛い！」

心臓がバクバクいってる。恐怖で頬が痙攣《けいれん》する。手が震える。とにかく早くサコタの車に逃げないと。ふり向いた瞬間、サコタの車がギュイーンと、バックで急発進して行くのが見えた。

「えっ???」

運転席のサコタの表情が、スローで目に飛び込んだ。めちゃくちゃ怯えてて、パニクって、必死の形相でハンドルをくるくる回してた。ターンして方向を変えると、脇目もふらず坂を下りて行ってしまった。

「マジか」

「終わった……」

比奈は観念したように天を仰いだ。

「あれ〜一緒に来てた奴、帰っちゃった?」

「なんでだろう〜」

「なんで帰ったんだろう〜」

おちょくるような猫撫で声で、ガハハと笑う男たち。妙にガタイがよくてTシャツがピタピタしてる、体育会系の男たちの群れ。

「あれーなんか花火やってた？」

「ボクたちも混ぜてください」

ギャハハハ。

あたしの頭の中に、性的暴行されたあげくナイフで滅多刺しにされて、山の中にゴミみたいに捨てられてる自分と比奈の姿が浮かんだ。だって世の中そんなニュースばかりだから、そんな想像しかできない。テンプレみたいな悲惨なニュース。あたしたちもその一部になるんだ。中学の卒アルの画像がでかでかと晒《さら》され、ＳＮＳには「そんな時間に家を抜け出してそんな場所に行った女が悪い」とか、「自業自得」なんて誹謗中傷が書き込まれるんだ。あたしの人生はそうやって終わるんだ。

ふと横を見ると、比奈はサコタの裏切りがよほどショックだったのか、もう表情がゼロで、抵抗する気力もなさそうだった。自分より絶望してる人間の存在は、あたしを静かに鼓舞する。ヤバいヤバい。比奈のこと守らなきゃ。考えろ考えろ。どうやったらここを切り抜けられるか、考えろ。

広い駐車場に男たちはてんでに散らばっていた。缶を蹴ってる男、タバコの煙を空に向かって吐き出している男。絡んで来てた男のうち一人が、スマホで誰かと話しながら、ふらふらとあっちへ行く。ふと車を見ると、運転席のドアが開いていた。後部座席のドアは全開。エンジンは点いていて、カーステからは爆音でヒップホップが流れる。ってことはたぶん、鍵は車の中？

あたしは比奈の耳元に顔を寄せると、長い髪をかき分けて、そっと囁いた。

「…………わかった？」

比奈はあたしの目を見て、瞬きでうなずく。手をつなぎ、拍子を取る。せーの。

「きゃあああああああああああああ――――」

超音波並みの高音をふり絞りながらダッと駆け出し、あいつらのミニバンに飛び乗った。比奈は後部座席へ。あたしは運転席に滑り込むと、速攻でドアを閉め鍵をかける。ハンドルを握り、手当たり次第にスイッチを押し、Dの文字が浮かぶ。「よし」。アクセルを思いっきり踏む。

「ぎゃ――――」

後ろから比奈の悲鳴。つんのめって運転席のシートに激突してる。

「ごめんごめんごめん！　シートベルトしてシートベルト！」

「前っ！　崖っ！」

慌ててブレーキを踏む。キキーッと急停止し、またしても比奈の体が前に叩きつけられる。「いてー！」「まじごめん！」。比奈は俊敏な動きで後部座席から助手席に移動し、ドアの上の手すりをぎゅっと握った。思ったよりペダルの感度は繊細なんだ、そぅーっと踏まないと。

「オイコラッ」

「クソアマッ」

外からは男たちの怒号。駆け寄ってきてガラスをガンガン叩き、ドアノブをがちゃがちゃさせてる。

「うわわわわわわわわわ――」

ハンドルを闇雲に回しながら駐車場を蛇行して走る。千鳥足みたいなめちゃくちゃな走行。とにかく車を走らせ、猛スピードのまま坂道に突っ込んで行った。

「わあああああああああああ」

カーブのたび、遠心力で右へ左へ体が吹き飛ばされる。

「はわわわわあああああ」

バックミラーには追いかけて来てる男たちの姿が映ってたけど、それもやがて静かにフェードアウトして、いつしか消えた。

「み、美羽……？　美羽すごい、運転してるっ」

気がついたら、山を下りてた。

県道

斜面を下りきると平坦な道に出た。下界はなにごともなかったみたいに、びっくりするほど平和でのん気だった。夜道に車の姿はほとんどなく、黄信号が無音で点滅している。あーもーヒップホップうるさい！　ひとりごとを言いながらボリュームをゼロまで絞った。

「どこ行く?」

「とにかく離れよ」

道は三叉に分かれてる。右折か、左折か、まっすぐ行くか。「どっち行く?」と比奈がたずねる。あたしは目をガン開き、肩をガチガチに緊張させハンドルを握っていた。質問に答える余裕も、この先のことを考える余裕もなくて、とにかく前に進むしかできない。右にも左にも曲がらずに、前へ、前へ、前へ。

だんだんペダルを踏み込む力加減もわかってきて、ちょっと楽しくなってきた。なんだよ、楽勝じゃん。運転なんて楽勝。いくつもの信号を通り過ぎ、何十分経っただろう、道は次第に細く、街灯は少なくなり、町並みの様子が変わったと思った頃、橋を越えた。川には船が何隻も係留されている。

「あのさぁ、もしかして、ここってもう海じゃない?」

比奈の声でわれに返る。

どこの浜だかわからないけど、とにかくあたしたちは海に出た。

# 海

海だ海だ。道端に停めた車から、あたしと比奈は掃き出されるように降り、浜まで走った。砂浜は昼間の熱をかすかに残しているものの、雨を吸って重たく、サンダル履きの裸足にじゃりじゃりと絡みついてくる。月も星も出ていない夜の海は闇だ。波の音は聴こえても、どこまでが砂浜でどこが波打ち際なのかも見えない。がっかりするほどなにも見えなかった。

「墨汁みたい」

スマホのライトで海面を照らし、比奈はつぶやいた。波の音だけに耳を澄ますうちに、だんだん冷静になってきて、不安が押し寄せてくる。

「あたし逮捕されるかなぁ」

「無免許運転で？　それとも車の窃盗で？」

「どっちも。懲役何年だろ」

「大丈夫でしょ、正当防衛だって、あたし証言する」

「ほんと？　助けてよね」

「うん、助ける。絶対」

比奈は笑みを浮かべながら、ぐっと親指を突き立てた。遠くでバイクが、エンジン音でコールを鳴らしてる。ヤンキーだろうか。

「ヤバ、またさっきみたいに絡まれる前に帰らなきゃ」

踵《きびす》を返して堤防の方へ戻ろうと歩く。ふり返ると、比奈はまだぽつんと立っていた。一歩も動こうとしない比奈が心配で声をかける。「大丈夫？」。真っ暗な海を向いたまま、比奈は言った。

「居場所を追われるの、もううんざり、ほんとに」

それは珠洲のことだろうか、それとも富山の街で、何度もいろんな場所を追われたことだろうか。さっきのヤカラのせいで、楽しい夜遊びがめちゃくちゃにされたことだろうか。

結局、あたしたちに居場所はなかった。いつも、どこでも、追い払われた。今日にとくに悲惨だった。場所を追われて散々逃げ回った夜は、どこに落ちるかわからない爆弾から逃げてるのとなにも変わらない。

「疲れたね」となりに立ってぽそりとこぼすと、比奈があたしの腕をさすった。

「ねえ……あたしたち、これからどうする？」と比奈。

そんなのわからなかった。

「帰れないね」

ほんとにどうすればいいかわからなかった。

わからないけど、とにかくどこかへ帰るしかなかった。

## 知ってる人の車（ハスラー）

Google によるとあたしたちがいるのは岩瀬浜で、歩いて五分ほどの距離にポートラムの駅があり行ってみたものの、終電はとっくに終わっていた。

「詰んだ。やっぱサコタに連絡して迎えに来てもらう？　責任とってもらおうよ」

という比奈の提案を、あたしは却下する。うちらを見捨てて逃げた人なんて信用できない。ＳＮＳでどれだけまともな人っぽくて信頼されてても、あんなふうに人を見捨てるやつはダメだ。

「もうあんな人と関わんないほうがいいよ」

「じゃあどうすんの？」

親に助けを求めるか、学校の担任に連絡するか。

頭に浮かんだのは、ニシナさんだった。親にもバラさず内申にも響かず、助けを求められる大人。スタディ・サポーター ニシナさん。チャットに連絡するとＡＩに自動回答で、時間外だとハジかれてしまった。

「うわーダメか！」

絶望していたらまさかのレス。

〈山岸さん？　なにごと!?〉

事情は省き、友達と帰れない状態だと訴える。

〈そこから動かないで、すぐ行くから〉

数十分後、岩瀬浜駅のロータリーに滑り込んだハスラーが、あたしたちの前でキキーッと停まる。ノーメイクで髪が少し濡れ、眼鏡をかけたニシナさんは、いつもよりずっと子供っぽく見えた。後部座席にぞろぞろ乗り込むと、あたしたちを問いただすこともなく、「家に送るのでいいよね？　住所教えて」とカーナビをいじる。比奈の家の住所を聞くと「あ、近いね。そっち先に降ろすわ」と車を出した。

十二時近い夜の富山は寝静まって車はほとんどいない。道を独り占めにして、ニシナさんのハスラーはすいすい走る。すいませんほかに頼れる人思いつかなくてと謝ると、ニシナさんは全然いいよ、さらっと言った。

「なんか二十代の頃を思い出すな。よく友達から緊急の連絡が来て、車出したりしてたもん。懐かしいな」

その言葉から、ニシナさんが三十代であることがわかった。

三十代か。それってどんな感じなんだろう。楽しいのかな。別に楽しくはないのかな。やっぱり人生、高校生でいるのがいちばん楽しいのかな。ただ、夜中に車でこうやって外を走れてるってだけで、あたしたちよりずっと自由なのはわかった。あたしも早く自由になりたいと思った。

比奈がおばあちゃんちの前で降りるとき、「あのう実は」、ニシナさんに状況を伝えた。珠洲から富山に三次避難中、おばあちゃんは認知症の疑いあり、転居のごたごたで高校も不登校状態。

「それは大変だったね、よくがんばったね」

比奈は小さくうなずいた。

ニシナさんは比奈と連絡先を交換して、もう心配しなくて大丈夫と言った。適切な福祉につなぐし、いつでも相談に乗るよと約束した。

「私おととしまで高校でスクールカウンセラーの仕事してたの。一年契約の非常勤だったから生活できなくて転職したけどね」

肩をすくめるニシナさん。私に相談してくれてよかったと言って、またねと手をふった。あたしも後部座席の窓を開けてまたねーと、比奈の姿が見えなくなるまで手をふった。

## 富山県美術館

「美羽がいきなり車運転したときはまじでやばかった」

「比奈が諦めの境地みたいな顔してたからスイッチ入ったんだよ！　だってこんな！　こんな顔してんだもん！」

あの夜のことは、あたしたちの間でもう笑い話だ。駅北から環水公園へ向かう道を、変顔を見せ合いながらじゃれて歩いた。

比奈は二学期から定時制の高校に通いはじめて制服も変わった。紺ブレにグレーのスカート、えんじ色のリボン。夏休みの間にニシナさんが、学校と話をつけて編入手続きをしてくれたそうだ。

「ニシナさんが民生委員とつなげてくれて、ばあちゃんも病院行けたんだ。レカネマブ飲んでる」

「レカネ?」

「認知症の薬」

「効くの?」

「知らん。けど、しばらくはなんとかなりそう」

比奈の両親もやっと仮設住宅に入居できたらしい。二〜四人用の仮設住宅といっても三十平米しかないし、比奈は帰るつもりはないという。

「うち再婚してんだよね」

比奈のお母さんと再婚相手との間には、小学生の弟がいるそうだ。その再婚相手から時おり向けられる視線が、たまらなく嫌なんだと言う。下心を隠しきれていない視線から、ずっと逃げたかったんだと。

「えっと、これどっから入ればいいの?」

富山県美術館の入口にたどり着き、扉のとこで戸惑ってると、比奈がぴょんと前に出て、重たそうなシルバーの自動ドアを開けてくれた。ぐんぐん前に進み、受付で

「高校生です」と言う。比奈はエスカレーターにぴょんと飛び乗り、「クマ見たいクマ」、くるりとふり向いて溌剌《はつらつ》と言った。

二階の展示室の真ん中の通路を、比奈は踊るように跳ねて歩く。ずんずん進んで、屋外広場に出た。

「あ、いた」

青空をバックにした、大きなクマの彫刻にテンションがあがった。絵本から出てきたみたいな、かわいい系のクマ。

「クマってこうやってかわいく作られがちだから、みんな舐めてるよね。ほんとはガチで怖いのに。あたし上市だからクマ普通に出るよ。ツキノワグマ超怖い。顔ぐしゃぐしゃにしてくるんだって」

「でもこいつ、白いから、シロクマじゃない?」

「じゃあ許す」

よく晴れてて、雪をかぶった立山連峰が、東の空を行き止まりみたいに塞いでいる。

「きれー」と比奈。

あたしも比奈につられて「きれー」と口に出してみるけど、実際のところ、山がきれいって感覚が、よくわからなかった。だって山は山じゃん。ずっとそこにあるものだから、普通って感じ？　特になにも感じない。わざわざ写真に撮りたくなるようなものじゃなかった。

そういえばうちの親も車を走らせながらよく、「今日は山きれいやね」って感想を言ってきた。曇ってる日は逆に、「今日は山見えんね」って残念そうにしてる。お父さんとお母さん、どっちも同じことを言ってくる。そういうとき、あたしは毎回「だねー」って、景色も見ずに生返事していた。そのくらい興味がなかった。だってめずらしくもなんともない。そんなことを告白すると比奈は言った。

「生まれたときから当たり前の景色だと、鈍くなるんだよね。あたしも地震あるまで地元のことをきれいだって思ったことなかったもん。けど、景色が変わってはじめて、すごくいい場所だったんだなって気づいた。離れてからのほうが、能登がすごくきれいな場所だったたってわかる」

じゃああたしの目にも、いつか立山がきれいに見える日が来るのかな。

あの日ニシナさんに車で送ってもらいながら、あたしはついに、心を決めたのだった。大学は誰になにを言われても、県外に行こう。東京でもいい、東京じゃなくてもいい。どこか知らない、遠い町へ行ってみよう。卒業してここへ帰って来るかどうかは、そのとき自分で決める。

比奈の目に立山連峰はまだまだ新鮮で、ありえないデカさだって、見るたびに驚くんだそう。美術館の屋上からスマホのレンズを向けると、

「あー肉眼で見るきれいさがスマホカメラには映らないぃ～！」

なんて言ってる。

そんな比奈の真似をして、あたしも立山の写真を一枚撮った。

◎参考文献

『ガザとは何か　パレスチナを知るための緊急講義』　岡真理　大和書房
『新選世界史B』　東京書籍
『詳説世界史研究』　木村靖二 岸本美緒 小松久男・編　山川出版社
『村の記憶』　山村調査グループ・編　桂書房

◎山内 マリコ（やまうち・まりこ）
一九八〇年富山県生まれ。二〇〇八年に「女による女のためのR-18文学賞」読者賞を受賞。二〇一二年、受賞作を含む連作短編集『ここは退屈迎えに来て』を刊行しデビュー。その他の著書に『アズミ・ハルコは行方不明』『あのこは貴族』『選んだ孤独はよい孤独』『一心同体だった』『すべてのことはメッセージ　小説ユーミン』『マリリン・トールド・ミー』など。

【初出】
本書は、U-NEXTオリジナル書籍として書き下ろされたものです。また、この物語はフィクションであり、実在する団体・人物等とは一切関係がありません。

ISBN:978-4-911106-30-3 C0093 定価（本体900円＋税）

逃《とう》亡《ぼう》するガール
二〇二四年一一月二〇日　初版第一刷発行
二〇二四年一二月一日　第二刷発行
◎著者＝山内《やまうち》マリコ
◎表紙写真＝石田真澄　◎ブックデザイン＝森敬太（合同会社飛ぶ教室）　◎編集＝寺谷栄人
◎発行者＝マイケル・ステイリー　◎発行所＝株式会社U-NEXT／〒一四一・〇〇二一　東京都品川区上大崎三・一・一　目黒セントラルスクエア／電話＝〇三・六七四一・四四二二（編集部）／〇四八・四八七・九八七八（書店様用注文番号）／〇五〇・一七〇六・二四三五（問い合わせ窓口）　◎印刷所＝シナノ印刷株式会社